대암의 하늘

대암의 하늘

홍혜문 소설집

도서출판 북인

인간의 그늘과 어둠을 살펴보며

빛이 부담스러울 때면 눈을 감는다. 검은 세계 속에서 세상은 사라지고 마음만 남는다. 그래서일까. 나는 가끔 세상이 숨을 고르는 밤에 자전거를 탄다. 라이트는 앞을 비추고 어둠은 나를 편안하게 감싸준다.

삼십대 초반 밤새워 책을 읽던 어느 날 갑작스럽게 한쪽 눈의 글자가 금이 간 듯 깨져 보였다. 다른 쪽은 흑백필름처럼 회색으로 변해 있었다. 병원에서는 망막이 부어 제 기능을 잃어가고 있다며 심하면 실명할 수도 있다고 경고했다. 그때 처음으로 깊은 공포가 몰려왔다.

'만약 내 눈이 멀어져 책도 신문도 읽지 못하게 된다면 나는 어떻게 살아야 할까?'

오래전 기억이 되살아났다. 대학 졸업 후 취업에 실패해 방황하던 시절 한 친구 덕분에 시각장애인협회를 드나들었다. 어느 날 시각장애인 스무 명 남짓을 인솔해 자원봉사자들과 함께 기차를 타고 밀양 긴늪으로 야유회를 갔다. 나는 그들과 노래하고 춤추며 마음껏 웃었다. 그 기억을 떠올리자 마음이 누그러졌다. 나는 책을 덮고 처방받은 약도 내려놓은 채 밖으로 걸어나갔다.

시간이 흐르면서 봄이 오듯 세상은 더 선명하게 부풀어올랐다. 꽃과 새와 바람과 홀씨들이 눈앞에서 아른거리며 살아났다. 나는 그런 세상을 바라보며 소설을 쓴다. 작품이 완성될 때면 기쁨이 차오르지만, 어떤 날은 겨울산의 풍경처럼 마음을 비워 스스로를 정화해야 할 때도 있다. 글을 쓰는 동안에도 세상 한 귀퉁이가 때때로 찌그러져 보이거나 흐릿하게 보이는 순간이 있었다.

그러던 어느 날 한 대학의 특수교육학과를 방문하게 됐다. 그곳에서 환한 얼굴로 기타를 연주하는 시각장애인을 만났다. 장애 정도는 제각각이었지만, 한 학생이 자전거를 타고 캠퍼스를 자유롭게 누비는 모습이 인상적이었다. 넘어지고 다치는 것을 두려워하지 않는 그의 용기를 보며 나는 마음의 눈으로 세상을 보려는 그들의 태도가 경이로웠다.

중년이 된 어느 날 나는 자전거를 타기 시작했다. 바퀴는 내게 새로운 세계를 열어주었고 다양한 상상력을 불러일으켰다. 무릎의 힘과 핸들을 돌리는 마음결에 따라 자전거는 나를 하늘로 띄워올리기도 하고, 땅으로 떨어뜨리기도 했다. 공중을 나는 곡예사처럼 자유를 선물하기도 했다.

나의 소설은 우리가 '어떤 관점으로 세상을 바라보느냐'에 따라 주변이 어떻게 달라지고 인간의 마음이 어떻게 변화하는지를 탐색한다. 소설「샤니와 라우나」와「화살을 쏜 것은 실수였어요!」에는 선사시대의 호모에렉투스와 호모사피엔스가 등장한다. 그들이 돌을 깎아 애슐리안 주먹도끼를 만들고 불을 발견하고 화살을 다듬던 선사시대에 인간은 이기심과 욕망의 크기에 따라 주변환경과 어떻게 작용하고 어떤 관계를 맺으며 살아갔을까, 상상하며 글을 썼다.

눈을 감으면 보이는 것은 내 마음이다. 우리는 욕심이나 아집에 사로잡혀 스스로 시력을 잃고 아름다운 바깥 풍경을 놓치기 일쑤다. 소설이란 상상과 허구로만 채워진 세계가 아니라 나 자신의 어둠을 들여다보고 타인의 어둠과 인간의 공통된 그늘을 이해하며 시대의 어둠을 살펴보는 일이라고 생각한다.

「대암의 하늘」은 2023년 경남문협 회원들과 몽골의 이태준기념관을 방문한 경험에서 비롯되었다. 일제강점기에 몽골에서 의술을 펼치며 독립운동에 헌신하다 서른여덟의 젊은 나이에 삶을 마감한 이태준 선생의 활약을 소설로 형상화한 작품이다.

나의 글이 세상에 나오기까지 많은 분의 도움이 있었다. 든든한 울타리가 되어준 문학동인들, 원고를 읽고 격려를 보내주신 선생님, 상처가 되었지만 나의 미숙함을 일깨워준 벗, 나의 글을 출간해준 도서출판 북인, 작품 해설을 맡아준 박대현 평론가께 감사드린다. 늘 든든한 남편과 경남문화예술진흥원의 지원에도 고마움을 전한다.

2024년 여러 곳에서 러지던스 작가로 머물며 글을 썼다. 해남 땅끝순례문학관 백년재 작가의 집, 울산 아트스테이 예술가의 집, 남해 문학의 섬 노도 입주작가의 집. 조용히 글을 쓸 수 있도록 배려해주신 관계자분들께 감사드린다.

2025년 12월

홍혜문

차례

안개그물

안개그물

어둠 속에서도 산으로 뻗은 소나무들이 안개에 잠겨 있다. 그 너머로 보일 듯 말 듯한 보드라운 잎들을 가늠해본다. 안개는 바람에 밀려 서로 모였다 흩어지기를 반복하다 서로 뭉쳐 물방울이 된다. 연둣빛 잎에 물방울이 송송 맺혀 있을 것 같다.

시계가 11시 59분에서 12시 00으로 바뀐다. M시의 산동네로 이사 온 지 벌써 하루가 지났다. 배가 고프다. 싱크대 찬장에서 북엇국 건조팩을 꺼내 물을 붓고 끓인다. 햇반을 전자레인지에 돌린다. 두어 평 남짓한 좁은 공간인데도 묘하게 허전하다. 밥상이 없다. 아차! 조금 전 주인아저씨가 올라와 밥상만 대문 앞에 두고 갔다고 했던 말이 떠오른다.

잠옷 위에 외투를 걸치고 시멘트 계단을 내려간다. 대문의 안과 밖, 이층으로 올라가는 계단 주변을 뒤져보지만, 밥상은 보이지 않는다. 터벅터벅 계단을 올라가 현관문을 열려는 찰나, 문 앞에 자주색 밥상이 덩그러니 놓여 있다. 피식 웃음이 난다.

오랜만에 배부르게 식사한다. 밥상에 컴퓨터를 올려 스페인 영화를 본다. 제목은 '그녀는 어둠 속을 걷는다'. 테러 조직에 잠입한 여성이 도덕적 경계에서 사투를 벌이는 내용이다. 뒷부분에서 주인공이 정체성에 혼란을 느끼는 장면을 보다 어느새 잠이 든다.

집 전체가 들썩이는 소리에 잠이 깬다. 새벽 5시. 누군가가 여러 개의 북과 심벌즈를 쾅쾅쾅 두드린다. 짜증이 나서 귀를 막아보지만 소용없다. 북과 쇠를 두드리는 요란한 소리가 쉼 없이 이어진다. 밤 늦게까지 영화를 보다가 새벽이 되어서야 겨우 잠들었다. 나는 아침형 인간이 아니다.

그의 전화번호를 저장해놓지 않은 탓에 이삿짐을 헤집으며 부동산 계약서를 찾는다. 잠이 확 달아난다. 주인 남자에게 전화를 걸지만 받지 않는다. 악기 소리에 머리가 지끈거린다. 다시 전화해도 신호만 갈 뿐이다.

"집주인은 구도자처럼 혼자 묵묵히 말없이 살아가는 사람이에요. 정말 스님 같아요. 석 달 전에 대기업에서 정년퇴임한 중년의 엘리트죠."

부동산 여자의 낭랑한 목소리가 귓가에 맴돈다. 망할! 숨이 막힌다. 중년의 부동산 여자는 이 집이 적막할 정도로 조용한 장소임을 강조했다.

그녀에게 전화를 건다. 받지 않는다. 새벽 5시에 일어나는 사람이 얼마나 되겠나. 문자를 보내지만, 답도 없다. 잠옷 바지 위에 반코트를 걸치고 밖으로 나선다. 4월 초지만 이른 아침 공기는 차갑다. 시멘트 계단을 내려가다보니 슬리퍼가 한 짝 벗겨진다. 발바닥 아래에서 딱 소리가 난다. 녹슨, 굽은 못이다. 신발을 벗자 피가 배어나온다.

　주인집 현관문을 두드린다. 대답이 없다. 손잡이를 잡고 앞뒤로 흔들며 힘주어 밀어본다.

　문은 뜻밖에 쉽게 열린다. 나는 앞으로 쏠려 주인집 신발장 앞에 넘어질 뻔한다. 현관문 앞에는 카키색 운동화와 검정 구두가 가지런히 놓여 있다. 거실 한가운데에는 둥근 심벌즈 서너 개와 작은 북들이 남자를 중심으로 둥그렇게 배치되어 있다. 내가 들어서는데도 그는 양손의 채를 번갈아 휘두르며 북을 두드린다. 오른쪽 위에 걸린 심벌즈를 치다가 나를 본다. 그는 스틱을 의자 위에 내려놓고 내 앞으로 두세 걸음 다가온다. 그의 눈이 묻는다. 무슨 일이냐고.

　"너무 시끄러워서요. 새벽에 잠을 깼어요. 이 시간에 무슨 일이에요?"

　나는 두통을 누르듯 관자놀이를 누른다. 그의 눈빛이 불쾌하게 흔들린다. 새벽에 남의 집에 들이닥치는 게 무례하다는 듯, 나를 위아래로 훑는다. 마치 숨겨진 내 단점들을 들춰내려는 듯한 눈빛이다. 나는 방송통신대를 졸업한 뒤 취직을 위해 이력서를 이백 번도 더 넘게 냈던 사람이다. 그의 눈은 예전에 대기업 면접장에서 내게 송곳 같은 질문을 던지던 그 부류와 닮아 있다.

　"아버지는 원래 무슨 일을 하셨나요?" 나는 대답 대신 면접관을 노려보았다. 예의 없는 질문이었다. 원래가 아니라 애초에 내 아버지는 없었어요,라고 답해야 했을까.

나는 주인 남자에게 따지듯이 말한다.

"아, 정말 미치겠네요. 새벽에 이런 소음으로 주변 사람들에게 피해를 주면요…."

그는 내 말을 이해하지 못한다는 듯 눈을 크게 뜬다. 경찰이라도 부를 테면 그렇게 해보라는 표정이다. 그의 머리 뒤쪽 거실 벽에는 대기업 퇴직 기념 플래카드가 붙어 있다.

사십 년 동안 매일 한결같이 새벽에 출근하신 우리 부장님 존경합니다. 그동안 참으로 고생하셨습니다. - 반원 일동 -

회사 동료들과 단체로 찍은 사진도 있다. 그제야 부동산 여자가 말했던, '퇴직한 지 겨우 석 달'이라는 설명이 떠오른다. 그가 팔짱을 풀더니 부드러운 목소리로 말한다.

"잠시 들어와 보시겠어요?"

플래카드를 바라보던 내게 주인 남자는 갑자기 온화해진다. 하지만 나는 참지 못한다.

"너무 시끄러워서 잘 수가 없어요. 지금은 제 수면시간이라고요. 제 말 이해하시겠어요?"

나는 현관문을 쾅 닫고 이층으로 올라간다. 무엇보다 이곳은 도시 외곽의 조용한 끝 집이라 들었다. 나는 누구의 방해도 받지 않고 번역 작업을 해야 한다. 칠레의 한 잡지사 직원이라는 여자는 일정 금액의 선불을 주겠다며 다음 달까지 일을 마무리해달라고 했다.

이사를 결정하던 날, 둔을 열면 바닷물이 출렁일 것 같은 짙은 파란 대문이 먼저 마음을 끌어당겼다. 마당을 돌아 시멘트 계단을 올라섰을 때 이층에서 내려다보이던 파스텔톤의 오래된 집들도 인상적이었다. 그런데도 쉽게 이사를 결정하지 못했다. 중년의 주인 남자가 혼자 산다는 사실 때문이었다.

밥상에 컴퓨터를 올리고 번역 작업을 시작한다. 편집자는 내가 SNS에 올린 스페인어 글을 보고 연락했다고 했다. 그녀는 지구 반 바퀴를 돌아 칠레까지 와서 가족을 일군 할아버지 이야기를 들려주었다. 그 할아버지가 사막을 여행하며 남긴 기록을 스페인어로 번역해달라고 했다.

"많은 사람이 읽을 수 있게, 서정적으로 옮겨 블로그에 올려줄 수 있나요?"

그녀가 물었다. 내가 예스,라고 하자 선금이 바로 도착했다.

나는 전문 번역가가 아니다. 그저 칠레 사람들이 쓰는 스페인어를 인터넷의 도움을 오래 받아 공부해왔을 뿐이다.

사막을 여행하며 쓴 글을 대충 훑어본다. 그가 적은 아타카마 사막의 풍경은 '가도 가도 모래뿐'이라는 말로 시작된다. 죽음을 느끼며 끝없는 모랫길을 걷는 한 남자를 떠올린다. 읽다보니 어느새 내가 필자가 되어 모래바람 속을 헤매며 걷는 듯한 착각에 빠진다.

정신을 차리고 벌떡 일어나 짐을 정리하기 시작한다. 엄마의 유품을 정리하다보니 망원경이 나온다. 엄마는 아빠가 남겨준 거야,라며 던져준 물건이었다. 아빠라는 단어는 생소했다. 나는 그 망원경을 만지지도 못하고 구석에 처박아두기만 했다. 시간이 흐르면서 아버지가 떠났다는 칠레의 한 사막을 떠올리게 되었다. 그곳은 세계에서 가장 길고 인간을 죽음으로 몰아넣는 사막이었다. 사람들은 그곳을 건너기 위해 여러 개의 물통과 먹이를 낙타 등에 싣고 길을 나섰다. 그러나 끝없이 이어진 먼 길 앞에서 결국 사람도 낙타도 쓰러져 모래처럼 흩어져 사라진다고 했다.

이삿짐 박스를 뒤져 플라스틱 밥그릇과 숟가락을 꺼내 싱크대 서랍장에 넣는다. 커피포트에 물을 올린다. 햇반도 컵라면도 없다. 이미 어두워져 편의점까지 가는 것도 귀찮다. 싱크대 서랍장을 뒤지다가 비닐봉지에 든 쌀을 발견한다. 이 집에 살던 누군가가 두고 간 것일 테다. 쌀을 씻어 냄비에 올린다. 끓는 냄비에서 밥물이 보글거리자 쌀밥의 냄새가 코를 간질인다. 얼마만인가.

밥이 다 되어갈 즈음이면 엄마의 표정은 환해지곤 했다. 그러나 나는 언제나 시큰둥했다. 어릴 때부터 친척 집을 전전하다 보육원에서 자랐다. 힘들고 숨이 턱 막힐 때마다 마음이 약해지지 않기 위해 나는 스스로 사물이라고 여겼다.

나는 컵이다. 나는 신발이다. 차가워진 내 얼굴을 보고도 아이들이 계속 나를 놀리면 나는 바보다. 나는 똥이다,라고 되뇌었다. 그러면 기묘하게 내 존재가 연기처럼 사라져 나는 아무것도 아닌 것이 되었다. 중3 때 엄마가 나를 데리러 보육원에 올 때까지 긴 시간을 건너왔다. 엄마가 나를 보며 살갑게 웃을 때마다 그 표정이 이상하게 낯설었다. 새벽이면 엄마는 혼잣말하곤 했다.

"그 남자가 부는 악기 소리에 반해버렸지. 정말 멋있었어."

엄마는 늘 그렇게 말했다. 나는 그 말을 들을 때마다 괜히 삐쳐 돌아누웠다. 중3에 데려온 딸에게 들려줄 이야기는 아니었다. 엄마는 내 아버지일지도 모를 남자가 악기를 불던 순간만을 여전히 품고 있었다.

"그놈이 날 임신시켜놓고 떠나버렸지 뭐야. 미친 자식."

엄마는 변덕스럽게 말했다. 그 말투를 떠올리며 번역본을 펼친다.

모래 먼지가 코와 목을 파고든다. 억센 바람에 귀마저 간지럽다. 일주일째 걷고 있다. 계속 같은 자리만 맴도는 듯한 착각이 든다. 시간은 인간을 매몰시키고, 발바닥은 더는 나의 존재를 확인해주지 않는다. 남는 건 사라지는 발자국뿐이다.

살아 있다는 걸 증명하고 싶어 나는 허공을 향해 괴성을 지른다. 목에서 소리가 더 이상 나오지 않을 때까지 외치고 또 외치다 결국 바닥에 퍼질러져 웃음이 터진다. 미칠 듯이 소리를 질러대다 쓰러질 때쯤, 배고픔이 몰려온다. 통조림 하나를 따서 먹고 다시 걷기 시작한다.

해가 빛을 잃고 기울어간다. 모래에 찍힌 발자국이 사라지는 걸 보며 중얼거린다.

'나 여기 살아 있어요. 지금도 심장이 뛰고 있다고요.'

가끔 뛰는 아기의 심장이 생각난다. 아내도. 그들은 나를 생각해줄까. 아니겠지. 지워진 모래 발자국처럼 이미 나를 잊었겠지. 오래된 기억이 나를 괴롭힌다. 기억은 모래알 같은 먼지일 뿐. 아니다. 기억은 사라지는 먼지가 결코 아니다.

얼마나 잤을까. 드럼 소리가 다시 방을 뒤흔든다. 귀를 막아도 소용없다. 못 말릴 주인 남자가 또 악기를 두드리기 시작한 것이다. 악기 소리를 듣다보니 나는 그의 박자를 분석하고 있다. 오른손과 왼손이 서로 다른 박자를 치고 있다. 한 손이 미묘하게 빠르다. 불안의 속도가 그대로 드러난다. 뒷부분으로 갈수록 리듬이 흐트러지고 조금씩 빨라진다. 저 소리를 멈춰야 한다.

주인 남자의 번호로 전화를 건다. 받지 않는다. 몇 번을 눌러도 신호만 간다. 세입자에게 편안한 공간을 제공해야 하는 사람이 바로 그인데, 그는 그 사실을 알고는 있을까. '당신 지금 저에게 가해하고 있는 거예요. 알아요?' 소리치고 싶어진다.

외투를 걸치고 계단을 내려가 그의 현관문을 쾅쾅 두드린다. 아무 반응이 없다. 한참을 두드려도 조용하다. 내가 아래층으로 내려오는 동안 드럼 소리는 멈춘 듯하다. 뒷집에서 누군가 지나가며 욕을 내뱉고 간다. 앞집 사람도 창문을 열고 나를 내려다본다. 도대체 이게 뭐람. 다시 전화해보지만 받지 않는다. 화가 머리끝까지 치민 채 나는 이층 내 방으로 올라간다.

부동산 여자에게 전화를 건다. 그녀는 아침부터 무슨 일이냐며 피곤한 목소리로 받는다. 내 말을 듣더니 피식 웃으며 말한다.

"아, 주인 아저씨. 드럼 친다는 얘긴 들은 것 같아요. 아무리 눈이 와도 새벽 여섯 시면 꼭 출근했다더군요."

나는 점점 답답해진다.

"그런데요, 아저씨는 제가 잠자는 시간에 드럼을 쳐요. 그것도 새벽에요."

그녀가 느닷없이 웃는다.

"전에 출근하던 시간이군요."

마치 주인을 이해한다는 듯한 어조다.

"아, 미안해요. 강 선생! 이 번호로 걸어보세요."

그녀가 번호를 불러준다.

"집 전화는 받을 거예요. 아내나 아들이 건 줄 알고."

나는 전화번호를 받아 적는다. 잠시 후 부동산 여자가 다시 전화를 걸어왔다.

"그런데 말이야, 아가씨. 오늘 하루만 참으면 안 될까? 남의 가정사라 말하긴 좀 그렇지만… 주인 남자는 아내도, 아들도 전화 한 통 안 해줘서 늘 목이 메는 사람이야. 그렇게 큰돈을 캐나다로 이십 년 넘게 부쳐줬는데. 아내 쪽에서 먼저 전화 온 적은 단 한 번도 없대. 사실 그저께 말이야, 그 사람이 우리 사무실 앞을 지나가더라고. 얼마나 기운이 없어 보이던지 술 한잔 하고 가라고 했더니… 요즘은 술도 안 마신대. 내 생각엔 너무 힘들어서 그런 것 같아. 나도 혼자 살 때 그 사람 도움받기 전까진 그랬지."

나는 깊은 한숨을 삼키며 말했다.

"네. 그렇지만… 이건 너무하잖아요. 사람이 잘 시간엔 자야 죠. 일을 할 수가 없다니까요. 이럴 줄 알았으면 이사 왔겠어요? 아줌마도 한번 당해보세요. 뭐, 오래 전부터 특별히 잘 지내는 사 이 같으니까."

"아니야, 뭐 그렇게 잘 지내는 사이는 아니고. 나도 혼자 사니 까 제대로 죽을 뻔한 적이 있어. 매일 수면제를 먹다보니 약에 중 독이 됐지 뭐야. 그러다 부엌에서 전기레인지를 켜놓고 잠이 들 어버렸어. 얼굴이 뜨거운 불에 델 뻔했다니까. 팔에 화상은 좀 입었지만. 마침 지나가던 그 아저씨가 갑자기 들러서 살았지."

부동산 여자는 내가 듣고 있는지 아닌지 신경도 쓰지 않은 채 계속 자신의 이야기를 늘어놓았다. 나는 흘러나오는 말을 내버 려두다가 어느 순간 전화를 끊어버렸다.

실업계 고등학교를 졸업한 나는, 아르바이트하던 중 뉴스를 본 적이 있다. 2002년 한국과 칠레가 FTA를 체결했다는 소식이었 다. 몇 년 지나자 산티아고에 한국 식당이 늘어났고, 한국어를 배 우려는 청년이 많아 일자리 구하기가 쉽다는 이야기가 들렸다.

무비자 백 일. 마치 나를 기다리는 시간 같았다. 그곳에만 가 면 일을 할 수 있겠다는 생각이 들었다. 그러다 스페인어 공부를 시작했다. 버스와 지하철을 타고 다니며 스페인어 단어를 소리 내 읽다보면 사람들이 힐끗 나를 쳐다보곤 했다.

편집자는 이번 달 안에 스페인어 번역본을 보고 싶다고 했다. 밤 아홉 시, 동네 편의점에서 햇반과 구운 계란, 종갓집 김치를 사왔다. 컵라면에 햇반을 삼 분의 일 넣고 끓이자 보글보글 냄새가 좋다. 아타카마 사막을 걷고 있는 남자의 일기 같은 글을 읽는다.

폭염의 낮과 살을 에는 밤이 그를 수없이 괴롭힌다. 이상하게도 시간이 지날수록 마음은 더 가벼워지고 뿌듯해지고 있다.

그는 이 모랫길을 끝까지 완주하는 것이 목표라고 했다. 이 땡볕의 길 끝에는 바다가 자신을 기다리고 있을 거라고. 나는 더욱 궁금해진다. 그토록 힘들고 고달픈 길을 왜 건디는지. 정말 무엇을 위해 그곳에 간 것인지.

번역하던 것을 덮는다. 새벽 1시다. 컴퓨터 화면을 오래 들여다본 탓에 어깨가 뻐근하다. 양치질을 하고 눈가리개를 내린 뒤 이불을 끌어올린다.

이미 봄에 진입하였는데도 밤 공기는 서늘하다. 숨을 들이마시고 천천히 내쉬며 잠을 청한다.

얼마쯤 지났을까. 쿵쿵 드럼 소리가 들려오기 시작한다. 주인 남자는 쇳소리와 북소리를 섞어 박자를 만들어 간다. 못갖춘마디다. 쉬어야 할 부분에서는 멋들어지게 기교를 넣는다. 〈꿈의 대화〉. 남자는 한 마디마다 박자를 무시하고 두드린다. 자기 기분에 취해 있다. 나는 무릎을 손바닥으로 치며 억지로 박자를 맞춰 본다. '가만히 너에게 나의 꿈 들려주네.' 남자는 반 박자도 쉬지 않고 계속 앞지른다. 마음이 급하다. 무언가에 쫓기는 듯하다.

박자를 칠 때는 손가락이 악기에 닿아 소리가 나기까지 시간이 걸린다. 연주자는 그 시간을 계산해 그만큼 먼저 시작해야 박자가 맞다. 드럼에서는 채가 공중으로 올라갔다 내려오는 시간까지 계산해야 한다. 조금 빠르게 치는 주인 남자와 달리, 나는 늘 늦다. 내 뇌의 깊은 곳에는 어두운 것들이 안개처럼 깔려 있다. 그것이 감정이고, 두려움이라는 사실을 나는 중학생 때 음악 선생님에게 처음 배웠다. 평소엔 '호흡을 고르게'라고 말하던 선생님이 어느 날 갑자기 말했다.

"감정을 고르게. 두려움을 없애. 그냥 환한 하늘만 떠올려봐. 아무것도 없는 하늘." 친구들 앞이라 얼굴이 화끈거렸다. 두려움 가득한 얼굴로 선생님을 바라보자, 그녀는 부드럽게 말했다.

"그냥 불러. 자연스럽게. 뭐든지 꼭 완벽할 필요는 없어. 불안해하지 마."

그 말을 마음속 깊이 간직하고 있다. 남자가 저렇게 빠르게 치는 건, 그 이면에 어떤 강박과 불안이 깔려 있다는 걸 나는 알아차린다.

시계를 보니 새벽 두 시. 이 남자는 잠도 없는 건가. 새벽마다 무슨 소란인가. 더는 가만둘 수 없다. 나는 다짜고짜 아래층으로 내려간다. 불이 꺼져 있다. 이제는 불을 끄고 방 안에서 드럼을 치는 모양이다.

거칠게 현관문을 두드린다. 잠옷 차림의 남자가 한참 만에 눈을 비비며 문을 열었다.

"매일 새벽마다 뭐하는 거예요?"

남자는 '무슨 말이냐'는 듯이 어리둥절한 얼굴이다.

"도대체 시끄러워서 잠을 잘 수가 없어요."

주인 남자는 묘하게 흔들리는 눈빛으로 나를 바라본다. 그 순간, 나는 정신이 번쩍 든다. 그는 단호한 눈빛으로 나를 응시한다. '이 상황도 이해 못하냐'고 말하는 것 같다. 남자는 갑자기 부드러운 목소리로 말한다.

"미안합니다."

그의 눈빛이 출렁인다. 혼자 오래 지내다보면 누구라도 그럴 수 있다는 듯, 어딘가 나를 안쓰러워하면서도 자신을 합리화하는 표정이다. 이상한 이물질이 내게 얹히는 기분이다. 재빨리 현관문을 닫고 나온다. 나는 새벽에 잠자는 남자의 문을 두드린 꼴이 되었다.

자존심을 지키려면 주인 남자를 다시 볼 일이 없어야 한다.

"아가씨, 월세 17만 원에 보증금 1백만 원. 최소 일 년은 사셔야 해."

부동산 여자는 말했다. 새로운 세입자만 들어오면 문제는 해결된다. 나는 전에 일하던 학원에 들렀다가 집으로 돌아오는 길에 부동산114로 향한다. 문을 열자 노란 원피스를 입은 부동산 여자가 반갑게 인사를 건넨다.

"강 선생, 잘 지내? 방은 따시고?"

"그게 문제가 아니고요. 제가 말했잖아요. 미치겠다고요."

"아니, 한집에 사는 처지인데 아가씨가 좀 일찍 일어나면 안 되나? 그 집 주인 말이야. 여섯 시에 총알같이 사십 년을 출근해서 몸이 부서져라 일만 해온 사람이야. 혼자서 무슨 낙이 있겠어? 종일 무료하고 따분하게 지내다 새벽 출근 시간이 되면… 그저 심심해서 악기를 두드리는 거겠지."

나는 기가 차서 말했다.

"여긴 정말 이상한 동네예요. 나는 주인한테 피해만 당하라는 건가요? 그 아저씨는 그러고도 세를 받아요?"

"그건 좀 심한 말 아니야?"

차가운 얼굴로 자리에서 일어섰다. 부동산114를 나가려는데, 에메랄드 마지막 집 식당 아줌마가 문을 열고 들어온다. 그녀는 소파에 앉더니 냉수부터 한 잔 달라고 한다.

나는 그곳을 조용히 빠져나간다.

엄마가 그토록 가고 싶어했던 칠레 사막의 끝 오아시스 마을, 그 파란 집은 여전히 내게 숙제로 남아 있다. 고등학교를 졸업하고 아르바이트를 시작하면서 나는 언젠가 칠레를 여행하겠다고 다짐했다. 먼저 경비를 마련해야 했다. 칠레에 가면 사람들은 분명 내게 물을 것이다. 어디서 왔느냐고. 나는 대답할 것이다. 한국에서 자랐고, 아타카마 사막에 가서 광활한 모래가 들려주는 얘기를 듣고 싶었다고. 긴 사막을 통과하면 나타날 바다를 보기 위해 이곳까지 왔다고.

컴퓨터에 엎드린 채 잠이 든다. 꿈속에서 주인 남자는 어린아이처럼 신이 나 드럼을 두드린다. 마음속에 쌓인 불만을 터뜨리듯, 악기를 마구 치고 있다. 나는 꿈속에서 그의 박자를 분석한다. 역시 틀렸다. 그런데 노래 제목이 〈꿈의 대화〉라니. 웃음이 난다. 그는 자신이 잘못됐다는 생각은 결코 하지 않을 것이다. 나는 잠이 들었다가 깼다. 다시 눈을 떴을 때도 남자의 드럼 연주는 여전히 이어지고 있었다.

일층 주인집 문은 굳게 갈혀 있다. 그가 집에 있는지 잠시 고민했지만, 만나봤자 할 말도 없어 마당을 거닐었다. 대문 앞에 떨어진 할인 쿠폰이 눈에 들어온다. 쿠폰을 주워 K할인마트를 찾는다. 비에 젖은 쿠폰을 드라이기로 조심스레 말린다. 바코드 사진을 찍어 앱에 등록한다. K할인마트는 전품목 대폭 할인행사 중이라 사람들로 가득하다. 입구에 쌓인 물품들 때문에 안으로 들어가는 것조차 쉽지 않다.

나는 핸드폰을 보며 스페인어로 중얼거린다.

"내 앞을 막았잖아요. 좀 비켜주세요."

그때 한 남자가 다급히 내게 말을 걸어온다.

"아가씨! 도와주시겠어요? 번역기 말을 못 알아듣겠어요. 이 문장 한국어로 알려주세요."

아랍인으로 보이는 남자가 휴대폰을 내민다. 화면에는 이렇게 적혀 있다.

"몇 번을 말해? 내 말을 왜 그렇게 못 알아들어?"

나는 큰소리로 또박또박, 말한다. 마치 누군가에게 진짜 하는 말 같다.

이어지는 문장은 "내가 뭘로 보여"이다. 나는 이것도 크게 말한다. 세상 모두에게 묻고 싶다. 도대체 너희들에게 내가 뭘로 보이는 거냐고.

아랍풍의 남자는 내 말을 따라 더 크게 외친다.

"몇 번을 말해? 내 말을 왜 그렇게 못 알아들어?"

순간 내 얼굴이 화끈 달아오른다.

마트에 있던 사람들이 일제히 나를 바라본다. 놀란 나는 서둘러 사람들 사이를 비집고 빠져나간다.

사람들은 모두 아웅다웅 재미있게 살아가는데 나만 홀로 황량한 사막을 걷는 기분이다. 살아오는 동안 어느 누구도 내게 물어주지 않았다. '힘들지는 않았니? 오늘은 어땠니?'라고. 내 마음은 밖으로 퍼져나가 안개처럼 흩어져 머무르고 있었다.

안개가 어떻게 물방울이 되는지 문득 궁금해진다. 주택가를 돌아 산 입구로 들어선다. 시멘트 길에서 언덕으로 오르는 흙길에 체중을 실으며 걸어간다. 주변의 풀들은 어느새 키가 훌쩍 자랐다. 나는 키 큰 소나무 쪽으로 향한다. 안개는 서로 모이고 뭉쳐 물방울이 된다. 나는 안개 속으로 들어와 가까이서 보고 있지만, 정작 무엇을 찾고 있는지 알 수 없다.

번역은 좀처럼 속도가 나지 않는다. 나는 틈틈이 사막을 헤매는 노인을 떠올린다. 내가 편집자의 할아버지가 되어 혹독한 자연에 적응하지 못하고 방황하는 기분이 든다.

늦게 일어난 탓인지 종일 어깨가 뻐근하다. 창문을 열자 에메랄드 마지막 집 식당이 보인다. 유리 미닫이문이 반쯤 열려 있다. 그저께 부동산114에서 들었던 식당 아줌마의 말이 다시 머릿속을 파고든다.

"그 집 주인 남자는 아들 잃기 싫어서 피 같은 돈을 계속 부쳐 줬대. 근데… 캐나다로 간 부인은 좋은 남자 만나 떠난다더라."

아줌마의 카랑카랑한 목소리가 가슴에 남아 있다.

"그 외는 나도 몰라. 근데 말이야, 나도 그 집 아내 때문에 힘들었어. 떠나면서 내게 밥 좀 부탁한다고 했거든. 그 은혜 꼭 갚겠다길래 도왔지. 근데 아침저녁으로 그 아저씨 꼬박 밥 차리느라 여행도 못 갔어. 그리고 그날 이후로 그 남자, 우리 집에 발길을 끊어버렸어. 그날이… 그 남자의 아내가 한국에 온 날이었어."

나는 말없이 창밖만 바라본다.

번역은 한 줄도 나아가지 않는다. 종일 커피만 마시다 일어선
다. 운동화를 신고 미니 배낭에 물통을 넣는다. 문을 열자 공기
가 팽창하며 몸을 감싼다. 회나무와 생강나무의 새순이 뾰족하
게 돋아 있다.

동네 어귀를 돌아 산 쪽으로 향하는데, 주인 남자가 두 손을 등
뒤로 맞잡고 걷고 있다. 두 손을 하늘로 뻗었다가 이내 사라진다.

산은 이미 잎이 우거져 있다. 나는 능선을 타고 올라간다. 비
탈 계곡의 돌담을 지나 오르는데 앞서 걷는 주인 남자가 눈에 들
어온다. 그는 허리 뒤로 손을 모으고 가끔 고개를 들어 하늘을 본
다. 어깨에는 힘이 없고, 뒷모습은 왠지 허탈해 보인다.

비탈길이 가팔라 숨이 찬다. 땀이 흐른다. 주인 남자는 내가
뒤따르는 것을 모르는 듯 산 깊숙이 걸어들어간다. 안개가 걷히
자 반원형 언덕의 굴곡이 선명하게 드러난다. 내가 놀라 멈추자,
주인 남자가 돌아본다. 회나무 아래 매끈한 돌의자가 있다. 그는
먼저 앉더니 옆에 앉으라고 손짓한다. 나는 잠시 망설이다 다가
간다.

주인 남자가 부드럽게 말한다.

"놀랐죠? 갑자기 나타나서."

나는 고개만 끄덕인다. 그가 바람에 흔들리는 나뭇가지를 바
라보다가 말을 잇는다.

"저 산과 들, 언덕 아래엔… 지구가 생긴 이래 수십억 년 동안

의 생명들이 묻혀 있겠죠. 다들 먼지가 되어 땅에 스며든 거예요. 살아서는 참 고생 많았을 텐데… 이제는 하늘과 나무들 사이에서 편히 쉬고 있을 거라고 생각해요. 누구든, 사는 건 힘드니까."

나는 속으로 중얼거린다. '정말 그렇게 믿으세요? 당신만 희생하며 살아온 거라고 말하고 싶은 거 아닌가요?' 세상에는 정말 죽을 만큼 힘든 사람들이 많다고요.

그는 이어 말한다.

"세월이 참 빨라요. 저 나무처럼 아이들도 금방 자라버리고…"

나는 속으로 답한다.

그러고도 한번도 아들에게 '힘들지 않느냐'고 묻지 않았겠죠.

남자가 자리에서 일어난다. 그의 등이 내게 말하는 것 같다.

'요즘 젊은 것들은 대화를 하려 하지 않아. 늘 이기적이고, 세상에 부정적이지.'

드럼 소리가 또 울린다. 마음이 서늘하게 흔들린다. 누군가 막대기로 내 머리를 두드리는 것만 같다. 시계를 보니 6시. 또다시 시작이다. 더는 못 참겠다는 생각과 함께 주인에게 충격적인 말이라도 던져 소음을 멈추게 할까 고민한다.

주인 남자에게 전화하지만, 휴대폰이 꺼져 있다. 화가 치밀어 올라 부동산 여자에게 전화를 건다.

"주인 아저씨, 6시인데 또 드럼을 쳐요. 아줌마… 정말 어떻게 해야 해요? 저 이렇게 스트레스 받으면서 못 살아요. 이사해야겠어요. 보증금을….."

전화기에서 격앙된 목소리가 터져 나온다.

"거 강 선생 너무 예민한 거 아냐? 사람이 드럼 좀 친 거 가지고 왜 그렇게 옹졸하게 굴어? 정말 요즘 젊은 사람들 이해를 못하겠어. 아가씨는 저녁도 안 먹어? 사람이 노래도 좀 부르고 악기도 좀 칠 수 있는 거지. 어쨌든 주인 남자에게 얘기는 해줄게. 근데 말이야. 여기는 사람 사는 동네야. 아가씨가 착한 주인을 나이 많다고 너무 구박하는 거 같아서 그래."

뚝, 전화가 끊긴다. 신발을 신으려다 휴대폰을 본다. 맙소사! 지금은 새벽 6시가 아니라 저녁 6시다.

밥상을 펴고 컴퓨터를 켠다. 노인은 오늘도 사막을 걷고 있다.

사막에 누워 하늘을 본다. 뜨겁다. 살갗이 부풀어오른다. 나는 싸움이라도 할 듯 하늘을 노려본다. 태양은 내 몸의 수분만 앗아갈 뿐이다. '천체 망원경을 만들어서 무엇을 보게요. 우주를 오랫동안 들여다보면 무슨 일이 생기나요?' 하늘은 답이 없다. 나는 내내 하늘을 원망하다 일어선다. 그래도 가야 한다. 이 모래밭길을 계속 걸어야 한다.

사막에 갑자기 비가 쏟아진다. 이곳 사막에는 오 년마다 한번씩 비가 온다고 했다. 나는 비옷을 입고 텐트를 친다. 그런데 텐트를 두드리는 빗소리를 사흘째 들으며 한 여자가 떠오르고 갑자기 아기가 생각난다. 앙증맞은 손가락과 귀여운 눈. 나는 아기의 눈을 생각하며 사막을 끝까지 통과하기 위해 힘을 낸다. 묵묵히 걷다보니 어느새 발이 브르트고 무릎이 꺾이는데도 한 걸음씩 앞으로 나아가며 살아 있음을 확인한다.

새벽 5시에 눈이 떠졌다. 너무나 조용하다. 창문을 열자 뿌연 안개가 그물처럼 얽혀 있다. 두 팔을 뻗자 손에 습기가 맺힌다. 고2 때, 나를 찾아온 엄마가 생각난다. 그녀는 잠시 함께 지내자며 나를 자신의 집으로 데려갔다. 엄마는 소란스럽게 밥상을 차렸다. 나는 마지못해 밥을 먹었다. 답답한 공기가 우리 사이를 오갔다. 엄마가 담배를 물더니 연기를 훅 뿜었다.

"난 평생 그놈을 용서 못할 줄 알았어. 내가 너를 친척 집에 맡기고 떠날 때 그게 다 네 아빠 때문이라고 생각했으니까."

그녀는 퉁퉁 부은 얼굴로 담배를 다시 한 모금 빨고 머리카락을 귀 뒤로 넘겼다. 염색한 머리카락 안쪽에 흰 머리카락이 삐져나왔다.

"자기가 돈을 많이 벌어오면 결혼하자고 했어. 그런데 나는 이미 아이를 가진 상태였지."

엄마는 멍하니 먼 데를 바라보다 말을 이었다.

"임신했다는 말에 나무젓가락처럼 마른 그 사람은 입을 꾹 다물었어. 그리고 다음날 전세금이라도 벌어오겠다며 짐을 싸들고 가버렸어."

엄마는 깊게 숨을 삼켰다. 검버섯이 피어난 뺨 아래로 팔자주름이 패여 있었다. 눈가의 어두운 주름은 그녀를 더 늙어보이게 했다.

"지구 반대편 칠레에 아주 긴 사막이 있다고 했어. 그곳은 너무나 건조해서 밤이면 별이 아주 잘 보인대. 거기에 세계 최대의 천문관측소를 짓기 위해 기술자들을 모으고 있다고. 자신은 공고를 졸업했으므로 허드렛일은 할 수 있을 거라고."

엄마의 목소리가 갈라졌다.

"그렇게 떠나버린 남자는… 시간이 흘러도 소식이 없었어. 그런데 네가 다 자라고 난 후에야 깨달았어. 어린 너를 친척에게 맡겨두고 매일 너를 늘 생각하며 살았던 것처럼 그놈도 나를 생각하며 살았겠구나, 그런 생각이 들더라."

엄마는 들리지 않을 만큼 작은 목소리로 힘들게 말했다. 놀라운 건 내게도 아버지가 있었고 어쩌면 그 사람도 나를 떠올렸을지도 모른다는 사실이었다.

새벽 다섯 시. 나는 사막의 마지막 둔덕에 세워진 '안개그물'을 제목으로 붙이고 글을 마무리한다.

잡히는 건 아무것도 없다. 망원경을 들여다봐도 여전히 흐릿한 것들만 보인다. 우리는 모순 속에서 진실을 찾는다. 모순이 서로를 끌어당기며 하나로 합하고자 하는 마음이 모여 물방울처럼 세상을 이루는지도 모른다.

원고를 한번 더 빠르게 곁토하고 편집자에게 넘기면 된다. 컴퓨터를 덮는다.

주인집은 조용하다. 대문을 열고 나가려다 주인 남자가 궁금하다. 일층 현관문은 계속 닫혀 있다. 안에 있을까? 나는 문을 두드리려다 멈춘다. 그가 나타나면 딱히 할 말이 있는 건 아니다.

햇볕을 두 손으로 가리고 마당을 돌아 내 방으로 올라간다. 창밖에는 새소리와 미미한 바람만 스친다. 벌써 한 달이 지났으므로 월세를 입금해야 한다. 운동화를 신으려다 문득 멈춘다. 주인 남자의 현관문은 여전히 닫혀 있고 며칠째 드럼 소리도 들리지 않는다.

조용한 느낌이 낯설다. 왜 어긋난 박자가 들리지 않는 거지? 혹시 남자가 어디로 떠난 걸까. 집 뒤쪽으로 가보니 그의 차는 그대로다. 그런데 안방 창문이 활짝 열려 있다. 불안감에 건물 뒤쪽으로 돌아가본다. 오래된 이층집 벽에는 곰팡이가 그림자처럼 퍼져 있다. 남자의 큰 방 창문은 방충망과 함께 완전히 열려 있다.

나는 일층 현관문 손잡이를 잡는다. 문은 힘주지 않아도 쉽게 열린다. 신발장 앞에 그가 벗어놓은 운동화와 구두가 그대로 놓여 있다.

"계세요?"

대답이 없다. 거실에는 원통 드럼들이 아래위로 둥글게 배치

되어 있다. 공기가 얼어붙은 듯 고요하다. "아저씨!" 한 발을 내딛는 순간 나는 비명을 삼킨다. 드럼 의자에 주인 남자가 얼굴을 박고 엎어져 있다. 그의 눈은 시간이 멈춘 듯 정지해 있다.

벽에는 주인 남자가 회사 사람들과 어깨동무하며 활짝 웃는 사진이 걸려 있다. 그는 이미 과거로 돌아가버린 사람처럼 보인다.

나는 떨리는 손으로 112를 누른다.

"여기 사람이 죽었어요. 1층 주인아저씨예요."

"주소를 말씀하세요."

주소가 떠오르지 않는다. 순간 사방이 모래로 뒤덮인 사막 한가운데에 서 있는 기분이다. 집 전화기가 눈에 들어온다. 혹시 아내의 전화 때문이었을까. 그녀에게 연락하려다 쓰러진 건 아닐까. 1번 사랑하는 아내,를 누른다. 받지 않는다. 다시 건다. 이번엔 신호가 길게 이어지고 한 여자가 거칠게 전화를 받는다.

"왜 자꾸 전화해요. 미치겠어. 여기 있던 여자. 한국으로 돌아갔다고 했잖아요. 작년에 갔다구요. 몇 번을 말해요!"

전화기 저편의 여자가 서툴게 한국어로 말한다. 전화가 갑자기 끊긴다. AI 안내음만 차갑게 흘러나온다. 저녁 시간을 착각한 내가 시끄럽다고 따졌을 때 주인 남자는 미안합니다,라며 고개를 숙였다. 그게 그의 마지막 말이었다.

나는 숨을 몰아쉬며 119에 다시 전화한다.

"112에 전화가 안 돼요. 어서 와주세요. 사람이 죽었어요."

나는 구급대원의 말대로 위치추적에 동의한다. 구급차를 기다리는 시간은 너무나 길다.

대문 밖에서 사이렌 소리가 울리고 119 구급대가 들것을 들고 뛰어 들어온다. 한 구급대원이 남자의 눈꺼풀을 올려 라이트를 비춘다. 또 다른 이는 목에 손가락을 대고 숨을 확인한다. 잠시 후 경찰관과 의사가 함께 도착한다. 의사가 남자의 상태를 다시 살핀다.

"사망 확인. 2024년 04월 ××일 ×시 ××분 ××초."

의사가 시계를 보며 남자의 죽음을 구두로 알린다. 눈매가 매서운 경찰관이 내게 묻는다.

"언제 발견하셨어요?"

얼른 대답이 나오지 않는다. 젊은 경찰관이 남자의 모습을 여러 각도에서 사진으로 찍고 그의 몸 주변을 하얀 초크로 표시한다. 곧 현관은 접근 금지띠로 둘러쳐진다. 구급대원들은 경찰의 지시에 따라 남자를 들것에 실어 밖으로 옮긴다. 예리한 눈매의 경찰관이 내게 전화번호를 묻고는 함께 경찰서로 가자고 한다. 나는 손을 젓는다. 옆에 있던 젊은 경찰관이 다가와 밖으로 나와서 잠깐 이야기하시죠 라고 낮게 말한다.

거실 반대편 벽에는 '안개그물' 사진이 걸려 있다. 야외 영화 스크린 같은 사각 프레임 속에 사막을 걷는 사람들이 점점이 박혀 있다. 그들 곁에는 구름 같은 습기가 서리고 있다.

경찰관이 나를 부르지만 나는 그 사진에서 눈을 떼지 못한다. 사막의 한가운데에 습기를 모래에 내어주며 걷고 또 걷는 사람들. 길의 끝에는 나지막한 에메랄드빛 집들이 늘어서 있다. 이곳이 사람들의 열망이 모여 사막의 끝에 만들어진 오아시스 도시. 산페드로 더 아타카마처럼 여겨진다.

오늘이 스페인어로 번역본을 SNS에 올려야 하는 마지막 날이다. 칠레 사막의 끝, 오아시스에서 누군가를 기다리는 사람이 주인 남자였던 것처럼 여겨진다. 아무도 곁에 없는 남자를 그대로 두고 갈 수는 없다. 누군가는 그에게 마지막 인사를 해주어야 한다. 일을 부탁한 편집자와 아타카마 사막을 횡단한 그녀의 할아버지를 떠올리자 마음 한 켠이 저릿해진다. 번역본 제출을 포기하기로 한다. 나는 젊은 경찰관을 따라 대문 밖에서 기다리는 구급차로 향한다.

비행하는 자전거

비행하는 자전거

낙동강은 기울어가는 햇살을 받아 은빛으로 흐른다. 반짝이는 물길을 보니 자전거가 가는 방향과 반대다. 그럴 리가. 등을 곧게 세우고 자전거 체인이 발을 붙이자 속도가 줄며 바퀴에서 띠리릭 소리가 난다. 다시 강을 바라본다. 물결은 여전히 역방향이다. 착시일까? 오른편 너른 강변으로 갈대와 풀더미가 뒤섞여 자라고 있다. 나는 둑방길에서 자전거 핸들바를 틀어 강변으로 내려간다.

수산대교 자전거 쉼터에 민영이 서 있다. 그녀가 손을 흔든다. 나는 자전거 페달을 밟아 그녀가 앉은 벤치로 다가간다. 헬멧 뒤로 단정히 묶은 머리칼, 탄탄한 어깨와 다리에는 자전거를 오래 타온 사람만의 싱그러운 빛이 스며 있다.

푸드트럭에서 커피를 산 뒤 민영에게 다가간다. 휴대폰을 들여다보던 그녀가 환하게 웃는다. 좋은 일이 있는 모양이다. 나는 커피를 벤치에 내려놓는다. 그때 자전거도로 입구에서 한 무리의 사람들이 몰려온다. 그중 자그마한 키에 회색 헬멧을 쓴 남자가 민영에게 아는 체하며 다가온다. 잠시 후 민영은 내게 직장 동료와 할 얘기가 있으니 먼저 출발하라고 말한다. 나는 고개를 끄덕인다. 사람에게는 저마다의 사정이 있는 법이다. 그녀가 내게 손을 흔든다. 사람들은 하나둘 일어나 민영과 함께 자전거를 타고 멀어져간다.

자전거를 타기로 결심한 것은 자전거가 얼마나 삶의 활력을 주는지 열정적으로 말하던 한 인터넷 게시글 때문이었다. 강한 눈빛의 그 사내는 새로운 길을 찾고 있던 내게 '지금도 늦지 않다'는 메시지를 전해주는 듯했다. 나는 그 말에 용기를 얻어 자전거를 구입했고, 퇴근 후면 낙동강변을 돌기 시작했다. 페달을 밟다 힘이 들면 내려서 끌고 걸었다. 그러던 어느 날 자전거 쉼터에서 잠시 쉬다 마주친 사람이 민영이었다.

커피를 한 모금 머금고 하늘을 올려다본다. 발그레해진 하늘에 색종이를 접은 학 같은 무리가 떠다닌다. 휴대폰으로 사진을 확대해보니 학처럼 보이던 붉은 점들은 풍선처럼 부풀다가 흐릿해진다. 잠시 눈을 감았다 뜨는 사이 하늘에는 패러글라이딩이 날고 있다. 세상에. 사진을 찍으려 휴대폰을 들었지만, 기구는 옆 계곡으로 흘러가듯 사라져버린다. 하늘은 아무 일도 없었다는 듯 말갛다. 나는 발그레한 하늘을 가르며 천천히 떠오르는 비행기구의 모습을 상상해본다. 공중에서 내려다보는 땅은 오밀조밀할 것이다. 자유를 만끽하는 건 이런 느낌이겠지.

자전거를 몰아 왼편 둑길로 올라선다. 줄지어 선 왕벚나무들이 나를 반긴다. 화려한 꽃잎은 이미 지고 어느새 연둣빛 새싹들이 봄의 마지막 자락을 밀어올린다. 둑길은 강물 흐름을 따라 S자로 굽이친다. 이 길을 따라 십 킬로미터쯤 가면 삼랑진나루터가 보이는 합강 지점에 닿는다. 그곳에 다다르면 주위는 어둑해져 있을 것이다.

멀리 언덕 아래로 나지막한 하얀 건물 '명례성지'가 눈에 들어온다. 잔디정원이 건물 앞에 펼쳐지고 입구에는 성지에 대한 설명판이 세워져 있다. 민영과 함께 여러 번 지나쳤던 곳이다. 그때 휴대폰에서 문자가 도착하는 소리가 난다. 민영일까. 나는 속도를 늦추고 핸들바에 걸린 휴대폰을 확인한다. 스팸 문자다.

민영은 자전거동호회의 부회장이었다. 나에게 자전거 타는 법을 정성스레 가르쳐준 사람이기도 하다.

"손잡이는 양손으로 가볍게 잡고 시선은 멀리. 발밑을 보면 중심이 흔들려. 길은 멀리 볼수록 안정적으로 달릴 수 있어. 무엇보다 안장은 중심선과 일직선으로 맞추고, 팔과 무릎에 힘을 골고루 분산시켜야 내리막에서도 흔들리지 않아."

그녀는 내 손을 잡고 브레이크를 검지 하나로 조절하는 법까지 알려주었다. 자그마한 손은 차가웠지만 다리는 단단하고 유연했다. 민영은 농촌진흥청의 연구원으로 자전거동호회의 회원들과 말수가 많지 않았지만, 자전거에 올라 페달을 밟기 시작하면 누구보다 힘차게 달렸다. 멀리 저 먼 곳을 응시하며 지구 끝까지라도 갈 듯한 속도로. 그 모습을 처음 보았을 때 나는 설명하기 어려운 감동을 느꼈다. 창원공업단지의 국제물류회사에 근무하던 남편이 호주로 발령을 받은 지 여섯 달, 그 체류가 일 년으로 연장된다는 소식을 들은 날이기도 했다. 민영에게 자전거를 배

우기 시작하면서 나는 밀양 수산다리 인근으로 이사하여 재택근무를 했다.

우리는 하남 수산다리에서 출발해 낙동강 다리를 건너 벼랑 아래를 되돌아오는 코스를 함께 달렸다. 내가 회사 일로 밤을 새우거나 새로운 프로젝트에 몰두하다보면 자연스레 자전거에 소홀해졌다. 그럴 때마다 민영은 쓴소리를 했다.

"노력하지 않아도 다리가 자전거를 자연스럽게 움직일 때까지 수없이 올라타야 하는 거야."

민영이 하던 말이 떠오른 순간 휴대폰에서 진동이 울린다. 나는 자전거를 세우고 확인한다. 호주에서 근무 중인 남편의 사진이다. 날렵한 자전거 앞에 서 있는 그의 모습은 환하다. 그는 혼자 지내는 동안 오히려 표정이 더 밝아진 듯하다.

'잘 지내? 브리즈번 강을 돌다보면 네가 생각나? 늘 같이 달리는 기분이야. 네가 옆에 있다면 더 바랄 게 있겠어?'

그가 떠난 지 두 해째. 그동안 남편은 짧은 인사말 같은 문자만 보내왔는데 이렇게 먼저 마음을 건네오는 건 처음이다. 자세히 보니 그것은 내게 보낸 메시지가 아니라 SNS에 올라온 사진이다. 나는 사진 속 남편의 환한 얼굴을 들여다본다. 전화를 걸지만 받지 않는다. '요즘 어때? 잘 지내?' 나는 짧게 답장을 보낸다.

밀양강 아리랑 오토캠핑장 방향으로 우회전해 내려가자 강변에는 돔형과 A형 텐트 사이로 SUV 차량들이 서 있다. 자전거길 앞에는 파란 야구모자를 쓴 젊은 남자가 서너 살쯤 되는 딸아이의 손을 잡고 걷고 있다. 머리를 두 갈래 묶은 여자아이는 인형을 태운 작은 유모차를 미는 중이다. 옆에는 아기를 안은 엄마가 따라가고 있다. 세 사람의 표정은 미소로 가득하다.

그 순간 남편의 문자가 떠오른다. 자전거를 타고 브리즈번을 달릴 때마다 네가 생각난다고, 네가 옆에 있다면 아무것도 더 바랄 게 없다고. 그런데 갑작스러운 애정 표현이 낯설다. 그는 내게 이런 사진조차 보낸 적이 없다. 생각이 뒤엉키는 사이 정신을 차려보니 내 자전거가 그 가족을 향해 곧장 달려가고 있다. 나는 급히 클락션을 누르며 핸들바를 왼쪽으로 꺾는다. 그 순간 자전거와 함께 옆 화단으로 내동댕이쳐졌다. 철쭉 가지 사이로 몸이 처박혀 잠시 일어설 수가 없다.

딸아이의 손을 잡고 걷던 남자가 다가와 많이 다쳤냐며 묻는다. 딸아이는 피가 배어나오는 내 무릎을 보며 울상을 짓는다. 아기를 안은 여자가 다가오더니 노란 손수건을 내민다. 그것을 받으려는 순간 어린 여자아이의 눈망울이 떨린다. '아파요?'라고 묻는 듯한 눈빛에 내 마음이 출렁인다.

나는 그들을 안심시키려 미소를 지으며 일어선다. 캠핑장 수돗가로 걸어가 손수건에 물을 적셔 상처를 닦는다. 왼무릎의 상처가 나를 바라보는 듯하다. 무언가를 들킨 것처럼 나는 손수건으로 상처를 누르다 쓰다듬는다. 노란 천에 그려진 하얀 개망초가 흔들린다. 나는 숨을 고르고 일어서서 자전거를 일으켜 핸들바를 잡는다.

남편이 해외로 떠나기 전 내게 찾아왔던 귀한 생명을 떠나보냈다. 그때를 떠올리며 나는 노란 손수건을 만지작거린다. 내게 찾아온 생명은 내 몸이 움트고 뿌리내리기에 적합하지 않다는 걸 스스로 알아차렸을지도 모른다. 그날, 나는 남편에게 전화를 걸었지만 그는 바쁘다며 전화를 끊었다. 그는 밤이 늦어서야 집에 돌아왔다. 나는 서운함을 털어놓았지만, 남편은 묵묵히 듣기만 했다. 다음날 그는 회사가 호주에 지사를 내기로 했고, 자신이 그곳으로 가게 될지도 모른다고 담담히 말했다. 그 말이 끝나자마자 그는 서재로 들어가 서류를 검토했다. 잠시 후 중요한 만남이 있다며 저녁 무렵 다시 나갔다. 자정이 넘도록 돌아오지 않던 그는 새벽이 되어서야 집에 돌아왔다. 임원회의에서 자신에게 호주 파견을 제안했고, 회사의 확장에 도움이 될 거라 판단해 그 제안을 받아들였다고 했다.

일주일 후 남편은 결국 호주로 떠났다. 내 의견 따위는 중요하지 않다는 듯, 그는 이미 내 삶에서 멀어져 있었다. 늦은 아침, 창가로 따끔한 햇살이 스며들었다. 오후로 기울어가는 빛은 막막할 만큼 텅 비어보였다. 시간은 멈춘 듯했다. 화병의 꽃은 시들었고 개수대의 그릇에서는 냄새가 피어올랐다. 그때 대학 동기였던 친구가 찾아왔다. 여러 번 전화했지만 내가 꼼짝도 하지 않자 직접 방문한 것이었다. 친구는 내게 회사에 나오라며 컴퓨터 그래픽 일을 맡겼다. 나는 마지못해 사무실에 나갔고, 일에 몰두하면서 조금씩 현실로 걸어나가기 시작했다.

어느 주말 SNS에서 '자전거를 타면 활력이 생긴다'는 글과 함께 땀에 젖은 한 사내의 사진을 보았다. 튀어오르는 공처럼 생기 넘친 모습이 눈에 들어왔다. 그날 이후 자전거 가게를 돌아다니다 페달을 밟으면 무지갯빛으로 바퀴가 도는 자전거를 샀다.

핸들바를 살피며 손잡이를 꽉 잡는다. 바닥에 부딪혀 살짝 휘어진 핸들바를 힘주어 반대로 튼다. 휴대폰을 보니 남편에게서 부재중 전화가 두 통 와 있다. 전화를 걸어보지만 통화 중이다. 나는 자전거를 왼쪽으로 살짝 기울여 안장에 올라앉는다. 바람이 선선하게 얼굴을 스친다.

날이 희미하게 어두워지기 시작한다. 사물들은 다가오는 어둠에 잠기기 전 마지막 빛을 내는 듯하다. 둑길이 끝나자 풀밭 사이로 좁은 시멘트 길이 이어진다. 그때 갑자기 뒤에서 나뭇잎이 흔들리는 소리가 난다. 씽씽, 자전거 페달이 돌아가는 소리. 한 사내가 핸들바가 둥글게 말린 자전거를 좌우로 기울이며 곡선을 그리듯 달려간다. 골격이 또렷한 그는 내 옆을 스쳐 추월한다. 바람을 가르며 몸을 숙였다 펴는 그의 동작은 능숙하다. 우스꽝스러운 박쥐 모자를 눌러썼지만 스쳐 지나가는 것만으로도 강한 눈매와 인상을 느낄 수 있다. 남색 반바지는 근육질 엉덩이에 착 감겨 관능적인 느낌을 자아낸다. 사내가 등을 펴는 순간, 허리와 엉덩이의 각도가 벌어진다. 그의 체중은 다리에 실리는 걸까, 엉덩이에 실리는 걸까. 나는 무심히 그를 관찰한다. 바람막이 점퍼가 바람에 바르르 떨린다.

나는 일정한 속도로 페달을 밟는다. 이상하게도 앞서 달리는 사내의 다리가 나의 다리와 똑같은 리듬으로 움직이고 있다. 내가 오른쪽으로 몸을 기울이면 그도 같은 방향으로, 왼쪽으로 몸을 숙이면 그도 똑같이 기운다. 신기하다. 내가 허리를 굽혀 속도를 높이자 그는 뒤를 한번 돌아보더니 더 빠르게 속도를 올려 어느새 한 점으로 멀어져간다.

그 사내는 일주일 전 내 자전거를 고쳐주었다. 우스꽝스러운 박쥐옷을 입고 외발자전거를 타고 있었다. 그는 단 하나의 바퀴와 막대처럼 달린 손잡이에 의지해 유유히, 쏜살같이 앞으로 나아갔다. 나는 묘기를 부리듯 몸을 돌리는 그의 움직임에 눈이 휘둥그레졌다. 늦춰진 속도를 올리려고 무릎에 힘을 주어 자전거의 페달을 돌리는 순간 딱, 하는 소리와 함께 핸들이 홱 돌아갔다. 나는 둑방길에 그대로 나동그라졌다. 자전거를 옆에 눕혀놓고 체인을 살펴보다가 페달을 천천히 돌려보았지만, 바퀴는 움직이지 않았다. 체인이 제대로 맞물리지 않은 듯했다. 도대체 어디가 문제인지 알 수가 없었다.

주위가 점점 어둑해지며 회색빛으로 스며들었다. 그때 음악 소리가 나더니 외발자전거를 탄 사내가 회전하며 다가왔다. 그는 자전거를 멈추고 나를 향해 걸어왔다.

"무슨 일이에요?"

"체인에 이상이 생긴 것 같아요."

사내는 조용히 쪼그려앉아 바퀴와 체인을 들여다보았다. 장갑 낀 손으로 페달을 천천히 돌리며 자전거의 구석구석을 살폈다. 바닥에 무릎을 붙이고 앉아 타원형으로 돌아가는 체인의 움직임을 유심히 관찰했다. 그러고는 손잡이에 붙은 기어를 한 단씩 올려보았다. 그때마다 앞바퀴와 뒷바퀴의 체인이 서로 다른 크기로 원을 그리며 맞물렸다.

잠시 후 그는 손끝에 만져지는 무언가를 꺼내들었다.

"이제 됐어요. 이 녀석이 범인이네요."

그것은 쌀알만 한 작은 돌멩이었다. 그는 매사에 이렇게 유능한 사람일까. 주위를 잠시 둘러보던 사내가 조용히 말을 걸었다.

"제가 어릴 때는 자전거 타는 게 서툴러서 하루라도 다리에 상처가 아물 날이 없었어요."

사내는 벚나무 아래 얽혀 자란 갈퀴나물을 바라보며 아련한 표정을 지었다.

"그때는 우리 동네에 자전거가 한 대밖에 없었죠. 주인 몰래 타다 넘어지기 일쑤였으니까요. 자전거가 고장이라도 나면 다친 다리보다 남의 자전거를 수리하는 게 먼저였어요. 일곱 살 때 마침 헌 자전거 하나를 얻게 됐는데 그때 외가에 있던 쌍둥이 동생이 돌아왔어요. 갑작스러운 동생의 등장이 나를 긴장하게 했죠. 우리는 조금이라도 오래 타려고 경쟁했고 그래서 늘 다리가 멍투성이였어요. 지금 돌이켜보면 그때의 불안과 상처가 나를 더 단단하게 만든 셈이죠. 우리 형제는 어른이 되어서도 달리기, 수영, 자전거… 어느 것 하나 지는 건 용납하지 않았어요. 지금은 저 너머 활공장에서 새로운 자전거를 연구하고 있습니다.”

사내에게서 자전거를 건네받았다. 자전거 손잡이를 성큼 들고 앞바퀴를 돌려보았다. 자전거는 아무 일도 없었다는 듯이 무지갯빛을 내며 잘 돌아갔다. 옆에 서서 나를 지켜보던 사내가 외발자전거를 몰아 천천히 원을 그리는가 싶더니 쏜살같이 달려갔다. 그는 한 점으로 작아지다 금세 사라져버렸다.

“사정이 생겼어. 못 갈 것 같아.”

민영에게서 문자가 와 있다.

“이제 주희 씨는 밤에도 혼자 자전거를 잘 타니까. 무엇보다 조심해서 타길 바라요. 사람은 누구나 혼자예요. 각자의 어둠을 잘 소화했으면 좋겠어요.”

우리는 여섯 달 동안 오후 늦게부터 밤까지 낙동강변을 함께 달렸다. 밤은 눈에 보이는 것들을 덮었고 우리는 침묵 속에서 더 깊은 곳과 그 너머를 바라봤다.

휘어진 둑방 왼편 아래로 낙동강이 늪지대를 이루며 자그마한 못을 만든다. 나룻배 한 척과 노가 걸쳐져 있다. 오른편 편평한 자리에는 컨테이너가 보인다. 그 앞에는 앞바퀴가 크고 뒷바퀴는 작은 특이한 자전거 한 대가 놓여 있다. 아까 하늘에 떠 있던 풍선 같은 붉은 점도 저곳에서 올라온 걸까. 행글라이더를 띄우는 장소인지도 모른다.

왕벚나무들이 줄지어 선 둑길을 지나자 감나무밭이 나타난다. 나는 오른쪽으로 핸들바를 틀어 가느다란 언덕길을 오른다. 언덕을 넘으니 다시 낙동강이 펼쳐지고, 그 길을 따라 내려가자 강물이 찰랑이는 낙동강 입구가 모습을 드러낸다. 앞에는 낮고 긴 다리가 있다. 다리 양쪽에는 남자 몇 명이 낚싯대를 쥐고 앉아 조용히 물고기의 입질을 기다린다. 강물은 그들을 올려다보듯 흐르고 그들은 수행하듯 꼿꼿이 앉아 있다.

시간은 그들의 표정을 조금씩 바꾸는 듯하다. 그때 물 위로 곡선을 그리며 물고기 한 마리가 튀어 오른다. 조용히 앉아 있던 남자가 손가락으로 그것을 가리킨다. 옆의 남자가 환호성을 지른다. 어느 낚싯대에 물고기가 걸린 것이다. 낚싯줄이 공중으로 치솟자 그의 얼굴에 기쁨이 번진다. 오래 기다린 시간이 기쁨으로 묶인다. 나는 자전거 바퀴를 굴려 그들 곁을 지나간다.

지나온 길과 앞으로 이어진 둑길이 자전거 바퀴 아래에서 한 겹씩 펼쳐진다. 다리를 건너 가파른 길을 오르자 어느새 길이 낮아지며 좁은 산길로 이어진다. 자전거족 몇몇이 아슬아슬하게 그 길을 지나간다. 길을 올라서면 민물횟집과 민물어탕집이 산의 벼랑 아래 줄지어 서서 손님들을 기다린다. 그 아래로는 밀양강과 낙동강이 만나는 합강이 펼쳐진다. 밀양강에서 쏟아져 내려온 물줄기가 낙동강과 만나 더 푸르고 거대한 흐름으로 태어난다. 강 건너편 삼각형의 좁은 뭍 사이로 엄청난 양의 물이 들이치며 밀려드는 것이다. 수천수만 사람들이 흘려보낸 물길이 모두 이곳에 모이는 것 같다.

어느새 건너편 강어귀가 발그레하게 물든다. 붉은 기운이 산 아래 낙동강 물줄기에서 오른편 밀양강의 흐름까지 퍼져나간다. 합강의 큰 물줄기가 노을빛으로 붉게 젖어든다. 자전거길마저 그 붉은 기운 속으로 빨려들어가는 듯하다.

나는 자전거를 끌고 둑 아래 강물 가까이로 내려선다. 오늘 내가 민영에게 함께 달리자고 했던 이유는 바로 이 광경을 그녀와 함께 보기 위해서였다.

자전거 바퀴가 새로운 길을 열어갈 때면 격하게 밀려오던 감정은 사라지고 내면엔 고요함이 스며들었다. '모든 사물과 길은 그대로 있지 않았다.' 지나온 길 위로 새로운 길이 겹쳐졌다. 밤이 아침으로 돌아오는 것은 사물과 사람을 다시 빛내기 위한 순환일지도 모른다. 사람은 서로에게 정서적으로, 감정적으로 외로움을 씻어주는 따뜻한 존재가 될 수도 있었다.

이제 되돌아갈 시간이다. 고속철 선로의 끝을 바라보다 왕벚나무 가로수길을 반 바퀴 돌아 둑방길로 다시 오른다. 어느새 주위가 성큼 어두워졌다. 자전거 라이트를 켠다. 줄줄이 선 왕벚나무 아래로 푸른 갈대와 야생화가 군데군데 얼굴을 내민다. 저 멀리 풀더미 속에 자전거족을 위한 화장실이 보인다. 지나는 동안 공중에 거미줄 같은 것이라도 있었는지 실 같은 것이 얼굴에 걸린다. 팔도 가렵다. 이럴 때는 그저 앞만 보고 달리는 수밖에 없다.

결혼 후 아이를 가지면 잘못될 것 같아 늘 불안했다. 남편은 아무 불만이 없다고 했지만, 새벽에야 들어오는 날이 잦았다. 내가 따지면 회사 일이 풀리지 않아서,라는 말만 반복했다. 과연 그것이 전부였을까.

민영은 혼자 잘 달릴 수 있는 사람만이 다른 사람과도 함께 달릴 수 있다고 했다. 며칠 전 나는 그녀에게 자전거를 고쳐준 사내 얘기를 건넸다. 그러자 그녀의 표정이 차갑게 굳었다. 잠시 후 민영은 처음 본 사람에게 너무 쉽게 마음을 주면 안 된다고 딱 잘라 말했다. 헤어질 무렵엔 자신은 독립적인 여자가 좋다며 나를 어린아이 대하듯 비아냥거렸다. 그 말투가 내 감정을 건드렸다.

"내 일은 내가 알아서 해. 신경쓰지 마."

나는 차갑게 잘라말하고 자전거를 몰고 떠났다. 사흘 전 민영에게서 전화가 왔다. 내가 요즘 예민한 것 같아. 그녀는 미안하다며 사과했다.

날씨가 선득해지며 어둠이 짙어졌다. 왼쪽 둑 아래로 비닐하우스에 불이 환하게 켜져 있다. 둑길 한가운데, '자전거종주길' 표지의 분홍색 화살표가 오른쪽 아래로 길을 가리킨다.

길게 이어진 둑방 아래로 장난감 같은 행글라이더가 코인다. 활공장이다. 나는 자전거를 들어 데크 계단을 따라 내려간다. 이층으로 된 컨테이너 몇 동 앞에 굵은 바퀴와 자전거, 오토바이가 어지럽게 놓여 있다. 박쥐옷을 입은 사내가 보인다. 내가 넘어지던 날, 자전거를 고쳐주던 그 사람이다. 그는 불 켜진 활공장에서 굵은 바퀴를 굴렁쇠처럼 굴리다 자전거 옆에 눕혀 두고는 나를 보았다.

"며칠 전에 만난 그 주희 씨군요."

사내의 박쥐옷이 탄탄한 근육질의 어깨와 묘하게 잘 어울린다. 컨테이너 앞에는 아까 오면서 본 사람 키만큼 큰 앞바퀴와 아주 작은 뒷바퀴를 가진 자전거가 서 있다. 영화에서 본 세계 최초의 자전거다. 흑백영화 속 주인공이 이런 자전거를 굴리던 장면이 어렴풋이 떠오른다. 다가가 커다란 바퀴와 조그만 바퀴를 만져본다. 키다리와 난쟁이가 붙어 있는 듯한 불편한 조합이다. 이두 바퀴가 조화를 이루어 잘 달릴 수 있다는 사실이 신기하다.

"궁금하신 게 많은가 보네요. 자전거에 대해… 아니면 저에 대해?"

사내가 웃으며 컨테이너의 한쪽을 가리킨다. 그곳에는 그가 둑방길을 돌 때 타던 바퀴가 하나뿐인 외발자전거가 서 있다.

"저 자전거는 옆으로는 잘 넘어지지 않지만 앞뒤로 넘어질 위험은 있어요. 타는 비법은 간단해요. 넘어질 것 같을 때 자전거에서 살짝 몸을 떼면 다치지 않죠."

나는 외발자전거에 어떻게 올라탈까 생각하며 바퀴를 만져본다. 단단하다. 사내가 컨테이너 벽에 달린 쇠 난간을 잡아보라고 한다. 그는 내가 외발자전거 페달에 발을 올릴 수 있도록 손을 내밀어 도와준다. 나도 드디어 외발자전거에 올라서게 되었다. 사내는 다른 외발자전거에 올라 앞으로 뒤로 바퀴를 움직인다. 나도 사내를 보며 천천히 바퀴를 굴린다. 그의 움직임에 따라 바퀴를 밀어본다. 넘어질 듯하면서도 외발자전거는 부드럽게 앞으로 뒤로 돌아간다. 이것이 가능하다니. 나는 쾌재를 부른다. 사내는 두 팔을 옆으로 뻗은 채 천천히 자전거를 움직이다 멈춘다.

"컨테이너 안도 구경해보실래요? 재밌는 것들 집합소예요."

나는 사내를 따라 네모난 철제건물 안으로 들어간다. 책상 두 개가 나란히 놓여 있고 벽에는 사진들이 빽빽하게 진열되어 있다. 박쥐옷을 입고 자전거로 산을 오르며 묘기를 부리는 모습, 트로피를 들고 환하게 웃는 사진도 보인다. 그 끝에 열 살쯤 되어보이는 소년이 두 팔을 사선으로 들고 서 있다. 그의 날개옷은 비닐 안에 나뭇가지를 넣어 만든 날개다. 나는 사진 속 아이를 들여다보며 감탄사를 외친다.

"이 아이는 박쥐아이. 배트갠이에요. 어릴 때 제게도 우상이었죠."

그가 종이컵에 커피믹스를 타서 내게 건네주고 소파 쪽으로 안내한다. 소파 뒤에는 접힌 휠체어가 기대어 있다. 사내가 조용히 말을 잇는다.

"사실 제 쌍둥이 동생은 예전에 철인3종경기 선수였어요. 달리기, 자전거, 수영. 우린 어릴 때부터 뭐든 함께 달렸죠. 국가대표 선발경기 하루 전에 아버지가 돌아가셨어요. 나는 출전을 포기하고 대신 동생이 경기에 나갔죠. 그땐 그게 가능했어요. 그 후 경기 중 동생이 사고를 당해 크게 다쳤어요. 치료가 끝난 뒤 나는 동생의 재활을 위해 여러 형태의 자전거를 제작하기 시작했죠. 해외에서 재료를 구입하여 누워서 두 다리로 돌릴 수 있는 자전거도 만들었어요. 결국 동생은 쇠로 된 의족을 달고 다시 달릴 수 있게 됐어요. 여러 종류의 자전거를 탈 수 있게 되면서 동생은 자신이 장애인이라는 사실을 조금씩 잊어갔죠. 폭염 속에서도 땀을 쏟아내며 스스로 다시 일어선 겁니다."

나는 팔짱을 낀 채 컨테이너 천장을 올려다본다. 그곳엔 특이한 사진 한 장이 붙어 있다. 동굴 벽화다. 사내가 벽화 속 바위 그림을 가리킨다. 창을 든 사람이 있고 그 아래 조그맣게 세모가 그려져 있다.

"이게 쇳덩이로 보이지 않나요?"

"그런가요?"

사내가 고개를 끄덕이며 말을 잇는다.

"근대에 들어 스페인의 어느 동굴 벽화에서 이 쇳덩이를 발견한 겁니다."

사진에는 흐릿하고 작지만, 분명 하늘을 나는 검은 물체가 있다. 그 위에 바늘처럼 긴 막대를 든 사람이 타고 있다.

"벽화를 자세히 보면 날아가는 쇳덩이를 올라탄 게 사람이란 사실이 또렷합니다. 문제는 그 쇳덩이가 멀리서 보면 자전거와 닮았다는 거죠. 벽화가 그려진 연대는 신석기시대 초깁니다. 그러다보니 고고학자들 사이에서 갑론을박이 벌어졌어요. 어느 학자는 '저건 하늘을 나는 자전거가 아니라 새나 동물일 것'이라고 했죠. 그러나 백 년이 지난 현대에 와서 해석이 바뀌었습니다. 그건 동물이 아니라 행글라이더와 비슷한 비행기구라는 거죠. 오래 전부터 인간은 하늘을 나는 기구를 꿈꾸고 연구해왔다는 증거죠."

나는 근처에 놓인 날렵하고 가벼운 자전거를 가리킨다.

"이 자전거도… 하늘을 날 수 있다는 말로 들리는데요."

사내가 눈을 반짝이며 대답한다.

"그럼요, 날 수 있습니다. 이 녀석도 분명 하늘을 비행할 수 있어요."

나는 자전거를 살펴보다 안전벨트가 두 개 있는 걸 보고 고개를 갸웃거린다. 그가 엄지를 치켜세우며 말한다.

"믿어도 됩니다."

"그래도 자전거가 하늘을 날다니요? 말도 안 되어요. 밤도 늦었고, 저는 이만…."

"하하! 안 믿으시는군요. 진짜라니까요. 저건 공중을 비행할 수 있어요. 이런 밤에는 좀 그렇지만 본래는 하늘을 나는 자전거입니다."

사내가 나의 앞을 막아선다. 나는 살짝 기분이 언짢아졌다. 그는 단호한 얼굴로 말한다.

"직접 보면 믿게 되실 겁니다. 이쪽으로 와보세요."

사내가 다른 컨테이너 안으로 들어간다. 잠시 후 그는 양팔 가득 비닐로 된 패러글라이딩 장비로 보이는 것들을 들고 나온다.

제 몸보다 훨씬 많은 양의 두꺼운 비닐을 바닥에 펼쳐놓는다.

"이걸 자전거에 연결합니다. 이 날개는 윗날개와 아랫날개가 겹쳐 있는 이중구조예요. 날개 앞부분은 열려 있고, 뒷부분은 막혀 있어 공기가 차오르면 날개가 팽팽하게 펼쳐져요. 뼈대가 없어도 형태가 무너지지 않죠."

사내가 컨테이너 안으로 들어가 하네스 하나를 들고나온다. 엄마가 아이를 감싸안듯 조심스럽게 하네스를 건네준다. 그는 내 두 다리와 팔을 천천히 하네스에 넣도록 도와주고 알루미늄 카르비나에 연결한다. 패러글라이딩용으로 보이는 비닐의 여러 고리를 그 장치에 차례대로 채운다.

"이제 주희 씨가 공중에서 기구 밖으로 튕겨나가는 일은 없을 거예요."

나는 그가 건네준 헬멧을 쓰고 초경량 자전거의 뒤쪽에 올라앉는다. 하네스와 자전거가 자석처럼 달라붙었다. 사내는 두툼한 기구의 고리를 자전거 손잡이 아래와 안장 뒤쪽의 쇠붙이에 연결한다. 이제 내가 앉은 자전거는 마치 새의 몸을 가진 기구처럼 변했다.

"제 말을 허튼소리라고만 생각하지 마세요. 자전거는 정말 하늘을 날 수 있습니다. 제가 직접 보여드릴게요."

박쥐옷을 입은 사내가 자전거 앞 안장에 올라탄다. 그가 핸들바의 라이터를 켜자 어둠 속 풀숲이 환하게 드러난다. 자전거가 달려가자 바람은 기구를 밀어올린다.

사내가 외친다.

"핸들을 놓지 마세요!"

내가 자전거 페달을 밟은 순간, 둥근 패러글라이더가 부풀어 오르며 공중으로 솟구친다. 자전거는 점점 지상과 멀어진다. 내 몸도 사내와 함께 하늘로 붕 떠오른다.

어둠 속에 작은 불빛들이 점점이 흩어지고 패러글라이더가 바람을 가르자 짜릿함이 온몸을 채운다. 자전거가 밤하늘을 날아오르다니. 세상에는 참으로 경이로운 것들이 많다. '어둠도 뚫고 나아가면 눈부시고 찬란할 수 있'다니. 얼마쯤 자유를 만끽하고 있을 때 자전거가 갑자기 기울기 시작한다. 바람에 휩쓸리는 듯 비틀거리다가 아래로 사정없이 떨어진다. 콰당! 기구는 강변 풀숲에 처박혔다. 나는 그와 함께 완전히 구겨진 듯한 기분이다.

발끝에 물이 차갑게 스민다. 벌떡 일어나 주위를 둘러본다. 저무는 어둠 속에서 패러글라이더 날개가 힘없이 축 늘어지며 바람을 흘린다. 사내는 고개를 푹 숙인 채 꼼짝도 하지 않는다. 나는 그의 어깨를 흔든다. 사내가 천천히 눈을 뜬다. 그 순간 그의 팔이 떨어져나갈 듯한 이상한 감촉에 나는 놀라 비명을 삼킨다. 사내의 오른손이 쇠를 덮은 실리콘이다. 그의 왼손이 자신의 넓적다리를 짚는 순간, 그 다리에서도 금속성 소리가 난다. 그는 쉽사리 일어나지 못한다. 그의 얼굴에는 감추고 싶던 것이 들켜서 몹시 민망한 표정이다. 나는 호주머니에서 휴대폰을 꺼내 119에 신고한다.

얼마 지나지 않아 모터가 공중에서 '윙' 하고 돌고 풀들이 바람에 흩날린다. 경비행기가 나타나 풀숲에 사뿐히 착륙한다. 문이 열리고 흰 가운을 입은 나이든 남자와 회색 점퍼의 사십대 남자가 내려온다. 회색 점퍼는 빠르게 박쥐 사내에게 다가간다.

"짜식! 오늘도 신나게 놀았구나! 공기의 흐름과 그 느낌을 잘 살펴야지."

그는 사내의 뭉툭한 다리를 확인하더니 분리된 의족을 능숙하게 끼워준다.

"왜 이렇게 흥분한 거야? 공기가 흐르는 각도와 날개가 뜨는 각도가 지나치게 벌어지면 추락하는 거라고 했잖아. 각도 조절, 알고 있지?"

'각도'라는 단어가 마음을 스친다. 사람과 사람과의 관계도 서로 감정의 각도를 맞추지 못해 흔들릴 때가 많다.

나는 경비행기에서 벗어나 컨테이너가 있는 활공장 쪽으로 걸어간다. 컨테이너 옆에는 외발자전거가 홀로 서 있다. 단점을 극복하려 오래 버텨온 사내의 시간이 떠오른다. 나무 계단을 오르자, 무지개바퀴가 달린 내 자전거가 나무에 기대 있다. 나는 안장을 한번 쓰다듬고 자전거를 들어 데크 계단을 올라간다. 그때 회색 점퍼를 입고 헬리콥터에서 내렸던, 사내의 형으로 보이는 남자가 달려온다. 옷차림만 다를 뿐 그는 박쥐 사내와 놀라울 만큼 닮아 있다.

"이렇게 늦은 밤에 자전거를 타고 가시게요. 제가 모시다드릴게요."

그의 표정은 이미 나를 알고 있었다는 듯하다.

"저는 혼자 갈 수 있어요. 괜찮습니다."

그가 고개를 저으며 말한다.

"밤은 보이지 않는 게 많아서 사람을 장님으로 만들죠. 마음의 눈도 종종 탁해지고요."

나는 고개를 끄덕인다. 내가 아무말도 하지 않자, 그가 부드럽게 입을 연다.

"준영에게 얘기 많이 들었습니다. 저는 노준희라고 합니다."

박쥐 사내가 명함을 건네고 나는 그것을 호주머니에 넣는다. 그가 담배를 꺼내 불을 붙이며 말한다.

"주희 씨는 다치고 넘어지면서도 계속 자전거를 타신다면서요? 그것도 밤에."

나는 황급히 손을 내젓는다.

"아니에요. 저는 자전거 잘 못 타요."

그가 담배 연기를 한 모금 내뿜더니 얘기를 시작한다.

"어느 봄날 동생은 자전거로 십리벚꽃길에서 지그재그 비탈길을 내려가고 있었죠. 흐드러지게 핀 꽃잎이 바람에 잎을 떨어뜨렸어요. 동생은 달려오는 자동차를 피하려다 그만 가드레일을 들이받고 공중으로 날아올랐어요. 그는 오른팔과 두 다리가 심하게 골절되어 여러 차례 수술받아야 했어요. 시간이 지나자 동생은 만신창이가 된 팔다리보다 그때 공중으로 날아올랐을 때의 황홀했던 기억밖에 없다는 것이었어요. 준영은 꾸준한 재활 끝에 다시 자전거를 타고 예전처럼 유연하게 달릴 수 있게 되었어요. 저는 그를 위해 누워서 두 다리로 페달을 돌릴 수 있는 장애인용 자전거를 직접 제작했죠. 지금은 가볍고 단단한 티타늄 재질을 해외에서 구입하여 동생과 함께 공중을 나는 기구까지 만들었습니다."

그의 이마에 접힌 주름에서 혼신을 다한 흔적이 느껴진다.

"이제 저는 동생의 입장이 되었어요. 낮에 일을 하면서도 밤에 잠들면서도 지체장애인이 겪는 불편함을 몸으로 느끼며 살아갑니다."

"네….”

"그런데 요즘 이상합니다. 마치 내가 사고를 당했던 사람인 것처럼, 사고 직전 동생이 하늘로 떠오르던 그 황홀한 순간을 자꾸 상상하곤 해요. 그러다보면 제가 동생인지 동생이 나인지 혼란스러울 때가 있습니다."

준영은 한때 장애인 국가대표 선수로 선발될 만큼 유능한 선수였다고 했다. 그러나 그는 여전히 다리를 잃은 일을 온전히 받아들이지 못한다고 한다.

개구쟁이처럼 보였던 박쥐 사내의 행동이 쓸쓸하게 느껴진다. 그는 육체의 다리를 잃었지만, 마음의 날개만은 잃고 싶지 않았던 것이다. 자신이 결코 꺾이지 않았다는 증거를 스스로에게 보여주고 싶었던 건지도 모른다.

"늦었습니다. 이제 저 가볼게요."

내 말에 사내의 형이 고개를 끄덕인다.

"그럼 가보세요. 주희 씨가 가시는 길만 보고 있을게요. 부담 갖지 마시고요."

자전거의 핸들바를 꽉 잡는다. 라이트를 켜자 어둠 속에서 길이 드러난다. 안장에 올라 페달을 밟는다. 화살표가 어둠 속에서 반짝인다. 불빛들이 길가에 켜졌다 꺼진다. 작은 사건들이 다가왔다 사라지는 듯하다. 내게 복병처럼 밀려오는 어둠을 뚫고 신나게 달려가는 모습을 떠올린다.

'앞을 막아선 어둠은 이미 어둠이 아니다.' 자전거를 유연하게 몰아 강둑 위로 올라선다. 속착해왔던 것들을 벗어나 자전거가 공중으로 유유히 날아오르는 모습을 상상한다.

멀리서 밀양강과 낙동강을 가로지르며 고속철이 달려간다. 둑 아래가 지진처럼 좌우로 미세하게 흔들린다. 기차는 선로 위 안전철망을 요란하게 두드리며 지나간다. 소리가 잦아들 즈음엔 이미 뒤꽁무니만 남긴 채 한 점으로 멀어진다.

나는 남편이라는 껍데기를 붙잡고 여기까지 흘러온 것이다. 그에게 내 생각을 정확하게 말하지 못했다. 우리의 시간은 이미 흘러가버렸다고. 그러니 이제 정리해야 한다는 것. 평소 준비해 놓은 이혼 서류와 함께 나의 심경을 담담하게 적은 글을 그의 메일로 보내야 한다.

빗방울이 하나둘 떨어진다. 비가 온다는 예고가 있었던가. 수

산까지 자전거로 이십 분 정도 더 달려가야 한다. 멀리 보이던 불빛이 물에 스며 흐려진다.

후두둑 떨어지던 비는 더 거세게 쏟아진다. 가로등과 도로의 점등이 빗물에 번져 아른거린다. 길이 미끄럽다. 속력을 내기 위해 허리를 숙이고 무릎에 힘을 준다. 빗물이 옷을 타고 흘러내린다.

둑방길에도 물이 차오르며 작은 개울처럼 변해간다. 나는 빗줄기를 뚫고 힘겹게 오르막을 올라선다. 핸들바를 오른쪽으로 돌리는 순간, 바로 앞이 급경사다. 놀란 팔에 힘이 빠지고 손잡이가 홱 돌아간다. 나는 둑방길 가장자리에서 미끄러져 풀더미 속으로 처박힌다.

비는 이미 그쳤다. 주위는 온통 어둠뿐이다. 힘을 모아 몸을 틀어 다리를 움직여본다. 움직일 수 있는 것은 상체와 허리, 왼팔뿐이다. 박쥐 사내가 떠오른다.

'물러설 수 없다. 사력을 다해 나의 시간을 개척해야 한다.'

그 생각이 드는 순간, 힘이 생기고 마음이 한결 가벼워진다. 나는 천천히 기어서 어둠을 밀쳐내고 풀숲을 헤쳐나간다.

둑방길에 라이트를 든 사내의 형이 내 자전거를 살피며 주변을 훑는다. 불빛이 둑방 아래 풀더미를 이리저리 비추더니 내 얼굴에서 멈춘다. 그 순간, 나는 행운을 붙잡은 듯 마음이 환해졌다.

대암의 하늘

대암의 하늘

준이 베이징행 열차에 오르는 극로를 바라보았다. 그보다 나이가 열 살이나 어렸지만, 표정과 걸음은 누구보다 강인하고 기품이 있었다. 준은 극로의 짧은 머리카락 아래로 난 귓불을 바라보며 손을 꼭 잡았다. 따스하고 묵직한 조선의 젊은 손이었다. 베이징행 열차가 역사 마당으로 미끄러지듯 들어왔다. 극로는 열차에 올라 객차 창가에 앉더니, 창으로 얼굴을 내밀며 소리쳤다.

"태준 선생! 남강 모래밭서 샅바 차고 저랑 씨름 한판 해야지예. 씨름하다 쓰러져가꼬, 밤새 누워서 하늘 본다 캤던 약속…. 그거 이자뿌리모 안 됩니더."

너무나 오랜만에 듣는 경상도 사투리였다. 준이 중국 남경의 '기독교의원'에서 일하다 몽골로 떠나온 지 벌써 일곱 해가 지났다. 극로는 대한이 일본에 병합된 지 열두 해가 지났으니, 놈들은 우리의 말과 글을 뿌리째 없애려들 것이라 했다. 스물두 살, 극로는 준보다 열 살이나 어렸지단 포부와 기개만큼은 누구도다 컸다. 손을 꼭 잡아주던 청년의 손이 열차와 함께 점처럼 작아졌다가 이내 사라졌다.

어젯밤 극로는 준에게 지금 몽골로 들어가는 건 불 속에 몸을 던지는 거나 마찬가지라며 화를 냈다. 준은 조용히 눈을 감고, 새벽이 오기를 기다렸다. 고륜(울란바토르)에는 준이 대한제국을 떠나 뿌리내린 '동의의국'이 있었고, 그의 환자들과 갓 태어난 어린 딸이 있었다. 무엇보다 그에게는 김립에게서 받은 독립자금인 금궤를 모스크바를 거쳐 상하이 임시정부에 반드시 전달해야 했다.

준의 운전수 마자르가 장가구로 오기로 했지만, 일주일이 지나도 모습을 보이지 않았다. 불안해진 준에게 '십전의원' 원장 김현식이 말했다. 운게른 백위파가 몽골에서 중국군을 몰아내는 데 성공했다고 했다. 러시아의 왕정복위를 꿈꾸는 그들은 볼셰비키와 통했다고 의심되는 자는 누구든 잡아간다고. 지금 고륜으로 들어가는 길목은 모두 막혔으니, 당분간 '십전의원'에 머물며 기다리자고 했다. 불안했다. 어쩌면 준은 영영 고륜으로 돌아가지 못할 수도 있었다.

준이 말을 구하러 갔다. 목장에 들어서자 줄지어 묶인 말들이 서 있었다. 자색의 몽골 말들은 키가 작아, 비탈길을 오르내릴 때 중심을 잘 잡았다. 얼굴이 검붉은 몽골계 주인이 준에게 다가왔다. 열두 마리 남짓한 말 중에서 마음에 드는 놈을 골라보라고 했다. 준이 성격이 활달해보이는 갈색 말에게 다가갔다. 녀석은 마치 주인을 만난 듯 코를 내밀었다. 준은 갈기를 쓰다듬기 위해 엉덩이 쪽으로 다가가자 뒷발로 갑자기 그를 넘어뜨렸다. 그가 일어서며 말의 엉덩이를 세게 걷어찼다. 말은 묵묵히 서 있었다. 목장 주인이 그 말을 데려가 입에 재갈을 물리고 짐을 묶을 수 있는 짐안장을 단단히 고정했다.

준이 말에 올라 '십전의원' 동네를 한 바퀴 돌았다. 녀석은 몸을 돌릴 때도 유연하게 돌았고 오르막과 내리막에도 다리의 힘을 적당히 조절하며 노련하게 움직였다. 준이 말의 목을 쓰다듬었다.

'이만하면 다부지고 힘이 좋은 녀석이다.'

준은 고향 함안의 백이산이 생각나 말에게 '백이'란 이름을 붙여주었다.

"잘 들어라. 백이! 너와 나의 운명은 같아. 우리는 티 없이 맑은 사람들, 억울하게 식민지가 되어버린 약자들 편에 서는 거야."

백이는 말을 알아들은 것인지 귀를 쫑긋거렸다.

준은 며칠 동안 먹을 물과 짐을 백이의 등에 실었다. 고삐를 쥐고 안장에 올라탔다.

백이가 일정하게 걷자 준이 고삐를 다잡아 오른쪽으로 말머리를 돌렸다. 멀리서 칼총을 어깨에 메고 줄을 서서 걷는 군인들이 눈에 띄었다. 마음이 급했다. 그는 발목으로 말의 배를 누르며 휘파람을 불었다. 백이가 속도를 높여 달리기 시작했다. 백이가 속력을 내자 장가구의 자그마한 나무집들과 길게 늘어선 장터가 눈앞에서 스쳐갔다. 낮은 산과 들을 지날 때는 드문드문 하얀 눈이 비쳤다. 세찬 바람에 그의 볼과 코는 금세 얼얼해졌다. 귀마개와 두꺼운 외투로도 찬 바람을 막기 어려웠다. 그는 몸을 움츠리며, 과거 한 장면을 떠올렸다.

가장 혹독했던 추위는, 일본군의 신민회 105인 검거령으로 경성 '세브란스병원'을 떠나 준이 난징으로 망명하던 때였다. 김필순을 경의선 열차에 먼저 태워 보낸 뒤, 자신 역시 일본군의 체포 명단에 올랐다는 사실을 알고 난징으로 향했다. 일자리를 찾기 위해 쏘다니다 어느 날 우연히 한 기독교인을 만났다. 그 인연으로 준은 '기독교의원'에서 의사로 일하게 됐다. 준은 그곳에서 뜻밖에도 김규식을 만났다. 그는 준이 그토록 만나고 싶어했던 김필순의 매제였다. 준은 김규식과 여러 날 동안 나라를 구하기 위한 방법을 의논했다. 결론은 먼저 국력을 키워야 한다는 사실이었다. 그들은 일본군의 눈을 피해 몽골에 무관학교를 세우기로 뜻을 모았다. 1914년, 준은 김규식과 서왈보와 함께 큰 꿈을 품고 몽골 고륜으로 향했다.

이미 어두워진 하늘은 회색 구름으로 덮여 창백했다. 온몸이 떨렸다. 아니 그보다 몸이 딱딱해지는 것 같았다. 지도에서 본 몽골과 실제 그곳으로 가는 길은 어디가 어딘지 알 수가 없었다. 나침판으로 구름이 흘러가는 방향과 지도의 지명을 추측하며 가는 수밖에 없었다. 준은 백이의 고삐를 잡고 무릎으로 백이의 배를 부드럽게 쓰다듬으며 모래언덕을 넘었다.

사람이 지나갈 수 있는 길목에는 어디에나 러시아 볼셰비키 반군이 잠복하고 있었다. 망원경 속으로 들어오는 그들의 옷깃과 비스듬히 보이는 총부리, 군홧발 등 아무리 사소한 것이라도 준은 놓치지 않았다. 장가구에서 아침 열 시에 배를 채웠는데 지금은 오후 다섯 시였다. 백이는 무려 일곱 시간이나 쉬지 않고 달려온 것이다. 그는 말에게 물을 마시게 하고 무엇보다 먹을 것을 주기 위해 주변을 살폈다.

백이가 갑자기 낮고 긴 울음소리를 냈다. 준이 몸을 낮춰 말의 목을 감싸며 달랬다.

"쉿! 조용히."

앞쪽에는 몽골 국경 초소가 있었다. 러시아 백위파의 군인들이 칼총을 들고 주변을 살피며 서성이고 있었다. 준은 고삐를 잡아당겨 말머리를 돌리고 작은 협곡 쪽으로 몸을 숨겼다. 협곡 안쪽, 절벽 틈 사이로 버려진 게르 하나가 희미하게 드러났다. 준은 그쪽으로 조심스레 다가갔다.

달빛이 초원의 언덕을 희미하게 비추었다. 준은 애써 피운 화로 앞에 무릎을 모으고 앉았다. 옆에서 백이가 지친 듯 몸을 웅크린 채 잠들어, 축 늘어진 입가로 침을 흘리고 있었다. 타다 남은 장작에서는 작은 불씨만 남기고 있었다. 멀리서 들려오는 늑대 울음이 바람을 가르며 지나갔다.

찬 바람이 게르의 벽을 세차게 두드렸다. 준은 삭아가는 화로의 불빛을 바라보다가 눈을 감았다. 동생과 두 딸은 어떻게 지내고 있을까. 모든 것이 꿈처럼 멀리 있었다. '동의의국'에 들르는 동지들은 일본군에 잡혀가거나 사라지는 동지의 이름을 알려주었다. 어떤 이들은 일본군의 그림자에 잡혀가 정보가 추출되는 동안 뼈가 부서지고, 소리 없이 '정리'되었다. 그런 이야기가 들려

올 때면 준은 심장 어딘가가 돌처럼 차가워지는 느낌을 받곤 했다. 생명이 얼어붙는 순간은 한겨울보다 조용하면서도 더 날카롭게 다가왔다.

준은 숨을 고르고 게르 문을 열고 밖으로 나왔다. 차가운 공기가 몸을 감쌌지만, 맑은 밤하늘은 묘하게 따뜻한 기운을 품고 있었다. 사라져간 동지들의 얼굴이 별들 사이로 떠올랐다. 그들 대부분은 이름조차 기록되지 못한 채 사라졌다. 주변 인물로 위장해 다가와 목숨을 끊는 방식도 흔했다. 형제상회에서 함께 먹고 자며 서울살이를 견디게 해주고 연세의학교 문을 열어주던 선배 김필순. 그가 병원 직원이 건넨 우유 한 병에 독살되었다는 소식을 들었을 때 준은 잠시 숨조차 잊었다. 죽음이 이렇게 가까운 데 있으면서도 기척 없는 것임을 그때 알았다.

그때 중국으로 떠나던 날의 경성역도 그려졌다. 김필순은 열차에 오르며 자네 또한 표적이 될 거라고 했다. 잠시 후 만나자는 말을 끝으로 그 얼굴을 다시는 보지 못했다. 김필순의 망명길에 준도 함께 잠적했다는 소문을 듣고 짐을 쥔 채 다시 역으로 뛰어가야 했던 기억, 중국에서 안창호 선생에게 보냈던 편지들. 살아 있는 사람의 위치는 늘 불확실했고 소식은 모래처럼 손에서 빠져나갔다. 준은 더는 피하지 않기로 했다. 조선의 미래를 열려면, 결국 자신의 몸을 내놓아야 한다는 사실이었다.

옆에서 백이가 깊이 잠들어 코를 골았다. 준은 말의 목덜미를 천천히 쓸어주며 가죽옷을 덮어주었다. 어둠이 가시지 않은 새벽이었지만, 더 머물 수는 없었다.

준은 나침판을 꺼내들고 바람의 결과 지형을 살피며 방향을 잡았다. 어느 쪽에 운게른군이 매복해 있을지 알 수 없었다. 결국 그는 고비사막 쪽으로 내려가 우회해 북쪽 몽골로 진입하는 길을 택했다. 피할 수 있다면 돌아가는 것도 길이었다. 얼마 지나지 않아 언덕이 사라지고, 날처럼 예리한 바람이 모래폭풍을 일으키며 들판을 뒤흔들었다. 고비의 심장부였다. 준은 불어오는 모래바람 속에서도 방향을 잃지 않으려 애썼다.

오랜 시간 말 위에서 움직이다보니, 차갑던 바람이 멎고 하늘의 구름이 엷어졌다. 얼어붙은 한숨이 입술에서 흩어졌다. 준은 고삐를 늦추고 하늘을 바라보았다. 어둠의 틈 사이로 별 하나가 희미하게 떠올랐다. 그때 멀리서 작은 불빛이 깜박였다. 이제 달란자드가비와 만달고비를 지나면 고륜이었다. 정말 가까워지고 있었다. 준은 그 불빛을 향해 말을 몰았다.

며칠 전, 준이 금궤를 무사히 상해로 전달하고 돌아오던 길이었다. 베이징의 한 술집에서 의열단 단장 김원봉을 만났다. 그의 대원들은 조선총독부를 공격하기 위해 폭탄을 설치했지만, 불발 사고로 부상당하는 일이 잦았다. 그 얘기를 들은 준이 묘안을 생각해냈다. 그것은 김원봉에게 자신의 운전기사이자 폭탄 제조기술자인 마자르를 소개해주겠다고 약속한 일이었다. 마자르는 제1차 세계대전에 참전했던 헝가리 출신 군인이었기 때문이다.

준은 모스크바에서 고륜으로 가져온 1차 독립자금을 상해로

운반할 때 마자르를 동행시켰다. (1920년 여름 모스크바 레닌정부는 상해임시정부에 200만 루블 지원을 약속했다. 1차로 40만 루블의 금괴를 받게 된다. 이태준은 우리 대표들이 모스크바에 가서 교섭하는 것을 도와주고 이 금괴가 울란바토르에 도착하자 1차 독립자금을 김립과 동행하여 상해까지 운반하도록 도왔다.) 고륜에서 장가구, 베이징을 거쳐 상해로 금궤를 운반하는 길은 위험하고 극도로 조심스러운 여정이었다. 중국 국경 곳곳에는 일본군으로 보이는 무리들이 숨어 조선의 독립운동가를 색출하고 있었다. 준이 장가구로 향하던 길목, 평범한 동양인 차림의 남자가 일본어 특유의 짧고 날카로운 어투로 차를 세우라며 다가왔다. 준은 즉시 위협을 감지했고 마자르에게 들리지 않을 정도의 낮은 목소리로 곧바로 차를 돌리라고 지시했다.

얼어붙는 추위를 뚫고 한참을 달린 끝에 마자르는 도대체 왜 이렇게 먼 길을 돌아 상하이로 가야 하느냐고 물었다. 준은 일본군의 검열이 곳곳에서 극심하니 혹여 독립운동가들이 붙잡히거나 금궤를 잃을 위험을 피하기 위해서라고 짧게 설명했다. 이것은 가족과 민족을 지켜내기 위한 여정이기도 하다고 덧붙였다. 마자르는 더 이상 아무 말도 하지 않았다.

설원을 달리던 중, 차가 결국 멈춰 섰다. 마자르는 본넷을 열고 얼어붙은 손을 비벼가며 바닥에 몸을 눕혀 차체 아래를 살폈다. 살을 파고드는 추위를 견디던 그는 마침내 엔진을 다시 살려냈고, 낮게 울리는 시동 소리가 설원 위로 번졌다.

준은 고마운 마음으로 담배 한 개비를 건네며 물었다.

"가족은 있소?"

준의 물음에 마자르는 한동안 말을 잃었다. 대답 대신, 겨울바람이 조용히 귓가를 스쳤다.

잠시 후 그가 낮게 말했다. 전쟁이 끝나 집으로 돌아왔을 때, 가족은 이미 모두 죽어 있었다고. 그 짧은 말속에는 세상을 잃은 사람만이 지닌 깊은 상처가 배어 있었다. 준이 말없이 그의 손을 잡았다. 인간의 욕심이 만든 전쟁, 식민지의 폭력, 총칼 아래 스러진 무고한 사람들…. 그런 비극은 다시는 반복되어서는 안 된다고 그는 나직하게 말했다. 사막을 달리는 바람 속에서도, 마자르의 고백은 준의 마음을 흔들었다.

모래바람 틈으로 낮은 원기둥 모양의 게르가 보이기 시작했다. 말을 쉬게 하고 식사도 해야 했다. 준이 말을 몰고 다가가자, 가죽옷을 걸친 중년의 몽골 여자와 정수리에서 길게 땋아내린 머리를 묶은 청년이 장작을 패다 말고 긴장한 눈빛으로 무기를 움켜쥐었다.

준의 옷깃에 수 놓인, 몽골 국왕 복드 칸이 자신의 주치의에게 하사한 훈장 '에르데니인 오치르'(1919년 7월 몽골국왕인 보그드 칸은 '귀중한 금강석'이란 뜻을 가진 '에르데니-인 오치르'를 이태준에게 수여했다. '화류병'이라 불린 매독으로 고통받던 몽골인들을 치료한 공로를 인정한 것이었다. 이후 그는 몽골인들 사이에서 신의神醫로 불렸다)의 표식을 본 순간 두 사람의 얼굴빛이 단번에 달라졌다. 조선에서 온 뛰어난 의사가 있다는 소문은 이미 널리 퍼져 있었다. 그들은 얼른 무기를 내려놓고 두 손을 모아 합장했다.

잠시 후 중년의 몽골 여인이 물과 음식을 내왔다. 말에게도 물과 먹을 것을 갖다주었다. 중년의 여자가 게르 안에 환자가 있다고 말했다. 준은 가볍게 고개를 끄덕이고, 청진기를 챙겨 게르 안으로 들어갔다. 희미한 등불 아래, 긴 머리의 앳된 여자가 누워 있었다. 얼굴이 붉게 달아올라 있었고, 숨이 거칠었다. 준은 여자의 손바닥과 발바닥을 살펴보았다. 돌기 모양의 발진이 있었고 목에도 좁쌀 같은 붉은 점이 번지고 있었다.

"언제부터 이런 증상이 나타났지요?"

"달포는 이미 지났습니다."

뚱뚱한 몽골 여자가 걱정스레 입술을 떨며 물었다.

"그것… 맞나요?"

준이 고개를 끄덕였다. 살갗이 팬 부위를 채취해 현미경으로 들여다본다면 나선형으로 꼬인 미생물이 살아 있는 듯 꿈틀거릴 것이었다.

준이 차분한 목소리로 말했다.

"매독은 약물로 치료하는 방법밖에 없어요. 당장 치료하지 않으면 생명이 위험할 수도 있어요."

앳된 여자는 수은 연고만으론 버티지 못할 상태였다. 준은 의료가방을 가져와 비닐을 뜯었다. 투명한 '살바르산'이 작은 유리

병 안에서 미세하게 흔들렸다. 그는 액체를 조심스레 주사기에 옮겨 앳된 여자의 근육에 깊이 주입했다. 비소로 만든 이 약도 이제 마지막이었다. 여자는 주삿바늘을 바라보다 조용히 숨을 내쉬었다.

그가 약통을 정리하고 잠시 숨을 고르는 사이, 중년의 몽골 여인이 백이에게 충분한 음식과 물을 주었다.

그녀는 준에게 공손하게 머리를 숙이며 허르헉(양고기찜)을 들고 들어왔다.

"괜찮습니다. 이러지 않으셔도 됩니다."

준이 극구 사양하자, 몽골 여자는 추운 날씨에는 따뜻한 음식을 먹어야 한다며 다시 권했다. 그는 허기진 배를 달래며 허르헉을 한 숟가락 떠넣었다. 따뜻한 온기 속에서 병원 치료 한번 제대로 못 받고 일찍 숨을 거둔 어머니가 생각났다.

그가 경남 함안에서 경성으로 올라온 것은, 나라의 운명이 어둡게 기울고, 일본 자객들이 명성황후를 시해한 직후였다. 준은 어린 두 딸을 친척 형에게 맡긴 채 홀로 상경했다. 김필순과의 인연으로 세브란스의학교에 입학했고, 무사히 졸업했다.

세브란스병원에서 근무하던 어느 날, 김필순의 여동생인 김순애가 잠시 그를 찾아왔다. 그녀와 이야기를 나누던 중 한 처녀가 조심스럽게 다가왔다. 갸름한 볼과 단정한 이마를 지닌 그녀는 수줍은 표정으로 순애는 자신의 올케가 될 거라며 웃었다. 그녀는 자신을 김은식이라고 소개하며 가운을 입은 준을 바라보았다.

"사촌 오라버니에게 선생님 이야기를 들었어요. 이렇게 흰 가운을 입고 계시니…. 가브리엘 천사님 같아요."

"천사는 무슨."

준이 손을 내저었다.

"난 그런 위대한 사람이 아니에요."

점심 자리에서 준은 은식에게서 사촌오빠 김규식의 소식을 들었다. 그는 미국 프린스턴 대학원에서 석사학위를 마치고 귀국해, 연희전문학교에서 영어를 가르치며 국제정세에 관해 적극적으로 글을 쓰고 있었다.

은식이 말했다.

"요즘 규식 오라버니는 세계정세를 깊이 들여다보고 있어요. 산업혁명 이후 자본과 군사력을 키운 영국이 인도를 지배했고, 아편전쟁으로 청나라까지 무너뜨렸대요. 프랑스도 동아시아와 아프리카에 식민지를 넓히고 있고요. 이제 유럽열강은 독일과 식민지 경쟁을 벌일 거라고 하더군요. 일본은 청일전쟁에서 승리한 뒤, 기세가 올라 러일전쟁을 준비하는 과정에서 영국과 동맹을 맺었대요. 서로의 식민지 이권에 함부로 간섭하지 않기로 한 동맹이라고요. 그들은 빼앗은 식민지에서 자원을 털어 다른 전쟁을 준비하고 있어요. 오라버니는 이런 국제질서를 비판하는 글을 미국의 유력 신문에 발표할 거라고 하셨어요. 미국 대통령이 국제질서를 바로잡기 위한 결단을 내려야 한다고요."

그날 준은 순애와 은식과 함께 점심을 먹으며 많은 이야기를 나눴다. 더 대화를 이어가고 싶었지만, 진료를 마치고 나왔을 때 은식은 이미 떠나고 없었다. 마음 한 켠이 허전했다.

그는 문득, 은식이 하얀 가운을 입은 자신의 모습을 보고 정말 멋지세요,라며 부드럽게 웃던 얼굴을 떠올렸다. 얼마 전 아내 은식은 명목상 의료품 구입을 이유로 간도로 떠났다. 김순애와 함께, 일본군에게 암살당한 김필순을 추모하고 흩어진 어린 조카들을 찾아 안정적인 거처를 마련하기 위해서였다.

준은 몽골 여인에게 감사의 인사를 전하고 떠났다. 그는 순박한 유목민들에게 항상 마음의 빚을 지고 있음을 느꼈다. 찬 바람이 거세게 불어 양털 모자와 가죽옷에도 귓불과 코가 얼얼했다. 거친 땅이 뒤로 밀려났다. 달란자드가비의 드넓은 평원을 종일 달린 것만 같았다.

거센 바람이 몰아쳤다. 앞이 거의 보이지 않고, 숨쉬기조차 힘들었다. 백이의 걸음이 느려지자, 준은 손을 말의 갈기에 얹고 부드럽게 매만졌다. 견딜 수 없는 추위에 잠이 쏟아졌지만, 그는 눈을 크게 뜨고 앞으로 나아갔다.

저 멀리, 새벽빛이 하늘을 은은하고 붉게 물들이고 있었다. 준은 고개를 들었다. 그 빛이 나침반이 되어주었고, 지금 반드시 살아야 할 이유가 되었다.

발걸음을 잠시 멈추고 준이 숨을 골랐다. 백이의 목덜미를 쓰다듬으며 준은 다짐했다.

"오늘의 발걸음이 내일을 만든다. 결코 피할 수 없다. 어떤 두려움도 나의 길을 막지 못한다."

살아 있음은 책임을 가졌다는 뜻이다. 그것이 준을 앞으로 나아가게 만드는 이유였다.

백이와 함께 얼마나 달려왔는지 모른다. 새벽의 공기 속, 살아 있음은 언제나 죽음 가까이에 있다는 사실이었다. 그럼에도 불구하고 그는 움직여야 했다.

따스한 음식 냄새가 준을 현혹했다. 나지막한 게르 한 편에 키 작은 노인이 음식을 끓이고 있었다. 꿈인지 생시인지 알 수 없었다. 게르 벽에는 비올라 크기의 현악기가 세워져 있었는데 윗부분은 말의 형상이었다. 아랫부분은 사다리꼴 모양의 머릉호르(마두금)였다.

준은 석 달 전 왕의 초청으로 궁전에서 이 악기를 연주하는 것을 들은 적이 있었다. 왕은 그를 대접하며 다섯 명의 악사에게 머릉호르를 연주하게 했다. 악사들이 일제히 악기를 켤 때 말들이 자유롭게 춤을 추며 신나게 초원 달리는 듯했다. 어쩐지 바람과 하늘과 몽골 초원이 하나가 되는 느낌이었다. 그 악기를 이렇게 가까이서 보다니. 머릉호르의 현은 말의 미세한 꼬리털을 손질하여 두 개의 현으로 만든 것이라는 얘길 들은 적이 있었다.

노인은 준의 호기심에 머릉호르를 무릎 앞에 세워주었다. 준이 미소짓자 노인이 오른손에 활대를 집어들었다. 그가 왼손으로 현을 짚으며 머릉호르를 연주하기 시작했다. 활대가 현에서 밀렸다가 당겨졌다. 게르 안의 공기가 진동하더니 달리는 말처럼 거세어졌다. 열정적인 음악은 온화했다. 준이 눈을 감고 젖어드는 악기 소리에 심취했다.

이틀 동안 잠을 한숨도 못 잔 준이 눈을 크게 떴다. 노인이 그를 흔들어 깨웠다. 악기는 어디로 갔는지 없고 그가 먹은 국수 그릇만 놓여 있었다.

준이 벌떡 일어나 게르 밖으로 나와 망원경을 보았다. 멀리서 군인들이 둘레둘레 주변을 관찰하며 이쪽으로 오고 있었다. 스무 명쯤 되어 보였다. 키가 크고 다리가 긴 생김새로 보아 슬라브인인 것 같았다. 여군과 동양 남자 군인도 있었다. 몽골을 점령한 군인들은 미친 남작 로만 폰 운게른슈테른베르크가 이끄는 군인들임이 분명했다.

준이 급하게 말 등에 짐을 올렸다. 노인이 뒤쪽 구릉지대로 가면 아래로 내려가는 바위가 있다고 했다. 그 뒤쪽으로 피할 공간이 있다고 알려주었다. 준이 사람이 몇 들어갈 수 있는 좁은 공간에 짐을 들여놓고 말을 묶어놓았다. 그곳에 쪼그려 눕자 위쪽으로 광활한 하늘이 내려다보고 있었다. 마음 깊은 곳에서 잔잔한 물 소리가 났다. 신의 침묵이 느껴지기도 했다.

'당신의 뜻은 무엇입니까? 왜 지금의 상황을 내려다보고만 계시는 건가요?'

찬 바람이 일렁이는 하늘은 아무런 대답이 없었다.

폭풍이 닥쳐오는 듯 모래바람이 몰아쳤다. 소란이 일고, 군인들의 고함과 이어지는 총탄 난사 소리가 귓전을 찢었다. 잠시 시간이 흐르자, 고요가 찾아왔다. 준은 밖을 내다보았다. 생소하고 불길한 붉음이 하늘을 물들이고 있었다. 게르에 불길이 활활 타올랐다. 준은 주먹을 쥐고 하늘을 향해 울부짖었다. 시리도록 맑은 하늘, 소박하게 살던 사람들. 그들의 육체와 함께 게르는 연기 속으로 사라지고 있었다.

준은 말의 고삐를 단단히 잡고 수시로 망원경으로 주위를 관찰하며 움직였다. 평탄한 길이 나타났다. 백이의 불룩한 아랫배를 살짝 눌렀더니 말이 속도를 내 달리기 시작했다. 눈길과 재색의 자갈, 흙길 언덕과 움푹 팬 길이 이어졌다.

멀리서, 거친 피부에 주름진 얼굴의 아주머니가 산을 바라보고 있었다. 그곳으로 무작정 다가갔다. 여자는 밤새 잠들지 못했는지, 붉은 뺨과 충혈된 눈으로 연신 먼 산을 훑었다. 그녀의 시선은 산 너머, 찬 바람이 시작되는 지점에 닿아 있었다. 아들을 기다리거나 남편을 기다리는 듯한 표정이었다. 아주머니는 준의 가죽 외투 위로 수 놓인 '극락에서 왕림한 여래불' 표식을 발견했다. 그들은 놀라며 두 손을 모아 절했다. 혹시 "아들을 보지 못했느냐"며 눈시울을 붉혔다. 남편과 아들이 눈 덮인 산속을 지날 때 혹한에 닿았을지도 모른다는 걱정이 그들의 표정에 묻어 있었다. 준은 잠시 전, 운게른 군인들을 보았고 그들이 유목민의 게르를 불태웠다는 말을 차마 꺼낼 수 없었다.

말없이 합장한 채 돌아서려는 순간, 중년의 여자가 말에게 물과 음식을 놓아주었다. "잠시라도 식사하고 가시라"며 준의 팔을 살며시 잡았다.

준이 게르 안으로 들어서자, 따뜻한 습기가 훅 밀려왔다. 마침 끓이고 있던 국수를 그릇에 퍼담으며, 그녀는 말없이 미소지었다. 준은 따끈한 국수를 받아들며 가슴이 훈훈해졌다. 피곤이 몰려왔다. 이렇게 소박하고 아름다운 가정에 운게른군과 일본군은 총부리를 겨누고 있었다.

밖으로 나서자, 총을 든 중년의 사내와 아들로 보이는 청년이 어느새 망원경을 들고 와 서 있었다. 어디서 구했는지, 거금을 주고 마련한 것임이 분명했다. 그들은 준을 보자 경계를 풀고 말을 건넸다.

"눈 덮인 산속에서 늑대를 몰고 있어요. 오늘 아침, 늑대 녀석이 내 말을 잡아먹고 달아났어요. 이웃집에도 마찬가지예요."

청년이 두 주먹을 불끈 쥐었다.

"늑대를 잡으려면 늑대보다 영악하고 잔인해야 해요."

그의 분노에 찬 목소리는 추위를 녹일 만큼 단단하고 힘이 있었다. 일본군을 상대하려면, 그들보다 훨씬 강하고 지혜로워야 했다. 조선 최고의 부자 이회영 선성은 전 재산을 투자해 서간도에 신흥무관학교를 세웠다. 준도 그곳에서 일정 기간 체력을 단련하며 마음을 다졌다.

준은 밤새 이동할 작정이었다. 나침반을 따라 방향을 가늠하며 말과 함께 움직였다. 몽골의 마른 풀, 바양작이 엎어진 동물의 배설물처럼 발에 밟혔다. 한발 한발 이동할 때마다, 조금씩 하늘에 가까워지고 있다는 생각이 스쳤다. 어둠의 끝은 하늘일 것이다. 그 전에 금궤를 고륜에서 상해로 반드시 전달해야 한다. 그렇지 않으면 상해 임시정부는 독립운동의 동력을 얻지 못하고, 한 발짝도 나아갈 수 없을 것이다. 백이가 속도를 높이며 달릴 때마다, 준은 허리를 접었다 펴며 허벅지에 힘을 고르게 실었다.

새벽이 밝아오자, 몽골의 수도 고륜이 있는 트브주가 눈앞에 펼쳐졌다. 멀리 둔덕 위, '동의의국' 의원이 보였다.

마른 체구에 길게 늘어난 갈색 머리카락을 뒤로 질끈 묶은 마자르가 감격스러운 얼굴로 자동차에서 나왔다. 먼지 묻은 작업복에다 잠 한숨 제대로 못 잔 듯한 얼굴이었다. 준이 마자르의 볼을 만지자 그도 준을 힘껏 끌어안았다. 그들은 친형제처럼 서로의 안전을 확인하며 뿌듯해했다.

'동의의국' 문을 열자, 병원의 의료용 집기와 의자, 약품수납장은 그대로였다. 집안으로 들어서자, 보모 곁에서 아기가 아장아장 걸으며 웃었다. 젖 냄새가 향긋하게 퍼졌다. 집사가 준에게 따뜻한 돌 촐로를 건네주었다. 준은 그녀에게 말에게 물과 먹을 것을 주게 한 뒤, 자신도 허르헉과 따뜻한 국수를 먹었다.

이틀 동안 한숨도 제대로 못 잤기에, 피곤이 몰려와 잠이 쏟아졌지만, 그는 헛간으로 가 금궤를 가죽가방에 담아 말 등에 안전하게 올리고 줄로 단단히 묶었다.

준은 마자르와 함께 모스크바로 떠날 준비를 했다. 청이라 부르는 자그마한 갈색 몽골 달이었다. 그가 말의 고삐를 끌고 나와 목을 부드럽게 쓰다듬었다.

식사를 마치고 자리에서 일어섰다. 창문으로 모래바람이 몰아치고, 그 사이로 누군가가 바쁘게 병원으로 들어서고 있었다. 중국군 사령관 가오시린이었다.

"이미 중국으로 나가는 길은 모두 막혔어요. 여기는 안전하지 않아요. 지금 함께 떠나지 않으면 정말 위험합니다."

준은 무표정한 얼굴로 그를 바라봤다.

"백위군들은 아주 잔인혀요. 돈 많은 사람을 골라 잔인하게 죽이고, 재산을 빼앗는다 하더군요."

준은 가오시린의 눈을 바라보며 나직하게 말했다.

"나는 여기에 남겠소."

가오시린의 얼굴이 굳어졌다. 총을 빼들었다. 그는 준을 가장 아끼던 사람이었다.

"제발 시키는 대로 해! 너 말을 좀 들어주게."

애원하듯 외치던 그의 목소리가 갑자기 커졌다.

"놈들에게 잡혀 처참하게 죽느니, 차라리 내 손으로 편히 눈을 감게 하겠소!"

권총이 준의 손등을 가격했다. 통증이 몰려와 아찔했다. 손등에서 피가 흘렀다.

가오시린은 결국 혼자 병원을 떠났다.

준은 그를 따라 중국으로 가야 한다는 것을, 지금 움직이지 않으면 영영 모든 것을 잃게 될 것임을 알고 있었다. 운게른의 표적은 바로 준, 자신이었던 것이다.

그는 서둘러 마자르가 이끌고 온 말에 올라탔다. 대신 백이는 마자르가 몰았다.

모스크바로 향하는 길은 혹한의 바람 속에서 더욱 험난했다. 청이와 백이가 앞서 길을 내어주었다. 망원경으로 군인들의 무리가 몰려오는 것이 보였다. 준이 마자르에게 낮게 속삭였다.

"괜찮아. 내가 다 해결할 테니 마음 편히 움직이도록 해."

준을 에워싼 군인들은 대부분 백인이었지만, 동양인도 섞여 있었다. 백인은 슬라브족으로 보였고, 부랴트인과 일본인으로 짐작했다. 한 군인이 일본 경찰 요시다가 쫓는 준을 가리키며 불량한 조선인이라고 했다.

"저 사람이 이태준이야. 돈이 엄청 많아요. 금궤를 가지고 있어."

그 말을 듣자마자 한 군인이 밧줄을 둥글게 묶어 공중으로 던졌다. 포물선을 그리며 날아간 밧줄은 준의 몸을 단번에 휘감았고, 그는 땅바닥에 나동그라졌다. 그 순간, 병원 옆 게르에서 몽골 여자아이가 뛰쳐나왔다. 아이는 떨리는 손으로 활을 겨누더니 운게른 군인의 가슴에 쏘았다. 활에 맞은 군인이 쓰러지자, 운게른 군인들은 즉시 총을 들어 사격을 시작했다.

게르 앞의 몽골인들은 몸을 숨기며 총알을 피했지만, 활을 쏜 여자아이는 그 자리에서 총에 맞고 쓰러졌다. 운게른 군인은 그녀에게 밧줄을 걸어 질질 끌었다. 잠시 후, 게르에 불이 붙었다. 불길이 활활 타오르며, 밧줄에 묶인 여자아이를 불구덩이 속으로 집어던졌다.

이어 준의 두 손에도 밧줄이 감겼다. 군인들은 그의 가방과 물품을 모두 빼앗고, 준을 말 뒤에 묶어 질질 끌며 눈 쌓인 언덕을 지나 그의 집 근처 게르까지 터려갔다.

몽골의 노부인이 준을 알아보고 다시 활을 들어 겨누자, 마을 사람들도 하나둘 활을 들고 군인들에게 화살을 퍼부었다. 운게른 군인들은 일제히 게르 안팎의 몽골인들을 향해 총탄을 발사했다. '동의의국'과 이웃한 게르들의 둥근 지붕이 순식간에 무너져내렸다.

군인들은 준을 질질 끌며 집 주변을 반복해서 돌았다. '동의의국'으로 돌아오자, 그의 요리사와 가정부는 피범벅이 된 채 쓰러져 있었다. 준은 그들을 살리려 몸부림쳤지만 꼼짝할 수 없었다. 군인들은 금궤의 행방을 캐내기 위해 그들을 고문했을 것이 분명했다.

준은 '동의의국' 의원 안에 갇혀 있었다. 의원 밖에는 운게른 부대원들이 대거 주둔하고 있었다. 그의 이름이 널리 알려져 있었으므로 준을 함부로 죽였다간 국제적인 분쟁이 될 수도 있었다.

"안 돼! 제발 안 된다고."

준은 싸늘하게 식은, 겨우 십일 개월된 젖먹이 딸을 끌어안고 울음을 토했다. 그는 밤새 딸을 관 안에 넣어 약품 처리를 했다. 아내 은식이 돌아왔을 때 아기의 온전한 모습을 볼 수 있게 하기 위해서였다. 아기는 눈을 뜨고 방긋 웃으며 일어설 것 같았다.

며칠 후 준은 운게른 부대원에게 끌려나왔다. 목에는 밧줄이 걸려 있어 움직일 때마다 숨이 막혔다. 나무 앞에 그를 묶으려 했을 때 한 군인이 군홧발로 준을 차는 바람에 바닥에 넘어지자 준의 볼과 입을 눌렀다.

"조선의 독립가들 수첩은 어디에 숨겼냐?"

몽둥이가 준의 몸을 덮쳤다. 준은 어깨와 등뼈가 부서지는 듯한 고통이 전신을 꿰뚫었다. 숨이 끊어질 듯한 충격이 머릿속을 흔들었다. 그는 죽음의 고통 속에서 연세의학교 입학시험에 합격했을 때의 기쁨과 에비슨 선교사 앞에서 떨리는 목소리로 외쳤던 히포크라테스 선서가 떠올랐다.

'환자에게 도움이 되는 행위만 할 것이고, 스스로 모범이 되어야 한다.'

선교사의 환한 미소가 겹쳤다.

"히포크라테스는 평생 그리스와 소아시아를 여행하며 의술을 행했지. 집은 모래사막, 지붕은 바람이었을 거야."

지금 그는 큰 사명을 짊어지고 있었다. 조선의 운명이 머리를 스쳐갔다. 1907년 고종이 헤이그에 특사를 보내 일본의 을사늑약 부당함을 알리려 했다. 그 결과 고종의 폐위와 관련된 자들의 처형이 뒤따랐다. 군대 해산령이 내려지고, 반기를 든 조선 군인들은 총을 되찾아 일본군에 맞섰다. 일본군에 반기를 든 조선인은 무조건 잡아갔다.

"각 민족은 정치적 운명을 스스로 결정할 권리가 있다. 다른 민족의 간섭을 받을 수 없다."

파리강화회의에서 조선의 독립을 주장했던 김규식의 얼굴이 떠올랐다. 그의 사명이 준의 마음을 붙들었다.

요시다라는 이름의 일본군이 준을 향해 다그쳤다.

"다른 놈들은 다 어딜 갔어? 이태준! 넌 베이징과 장가구에선 뭘 하고 돌아다닌 거야?"

운게른 대장은 부하에게 질책했다.

"왜 리다인을 처리하지 않는 거야, 어서 형을 집행해!"

운게른의 명에 따라 부하는 준의 무릎을 꿇렸고, 얼굴에는 검은 보자기를 씌웠다. 죽음의 문턱에서도 준은 마음속으로 기도했다. 마자르가 무사히 모스크바를 떠나 베이징으로 갈 수 있기를. 의열단장 김원봉을 만날 수 있기를 바랐다. 이극로가 무사히 베를린에서 돌아와 그가 소원하던 조선어연구를 무사히 해낼 수 있기를 고대했다.

한 군인이 일본어로 뭐라고 말하더니 준에게 총을 쐈다. 숨조차 쉴 수 없을 만큼 통증이 온몸을 덮었다. 다시 한 발의 총성이 날아왔다. 이번에는 총알이 배에 박혔다. 서른여덟, 그가 살아온 소중한 날들에 구멍이 났다. 탕 탕 탕, 세 발의 총성이 더 날아왔다.

"총알 좀 아끼시오."

운게른 대원이 말하자 일본군은 반드시 숨이 끊어지는 것을 확인해야 한다고 고집을 피웠다.

"저 사람은 불량한 조선인이오."

일본인이 운게른 대장에게 서류를 보여주었다. 군인들의 목소리가 희미해졌다. 일찍 죽은 아내와 아버지, 어머니가 잠시 떠올랐다. 그의 두 딸. '수남, 수용아! 너희를 돌보지 못해 정말 미안하구나.'

군인들의 총구가 준의 목과 가슴을 세게 찍어대는 것이 느껴졌다. 그의 육체를 난도질하는 운게른 군인들은 벌건 얼굴로 애를 쓰고 있었다. 그들은 허공에 총구를 박는 듯했다.

'다 부질없는 짓이네. 자네들도 언젠가는 죽을 것이네. 너무 용쓰지 말게나. 내 몸은 곧 모래가 되어 먼지처럼 흩어질 것이니까.'

사람은 누구나 죽게 되어 있다. 내 가슴은 사막의 오아시스가 되어 평화의 길을 걸어갈 것이다.

'반드시 살아남으시오,'

준의 안위를 걱정하며 베이징행 열차에 오르던 이극로의 얼굴이 다시 스쳤다.

공중으로 바람이 한 줄기 지나갔다. 정신을 잃을 만큼 가물가물한 준의 의식 사이로 넓고 푸른 하늘이 다가왔다.

'썩게 하소서! 가슴에 남은 모든 것들이 썩고 썩어서 미세한 먼지로 남게 하소서! 조선의 독립을 향한 굳건한 마음이 모여 돌이 되고 바위가 되어 비바람에도 변하지 않는 진리처럼 강한 바위가 되게 하소서. 그 그늘에 헐벗은 아이와 순박한 사람들이 평화롭게 노닐고, 편히 쉴 수 있는 큰 바위가 되게 하소서!'

그의 기도는 노래가 되어 넓은 하늘로 퍼져나갔다.

대암 이태준 열사는 1921년 2월초, 러시아 백위파 대장 운게른 스테른베르그Roman von Ungern-Sternberg(1885~1921)의 부더에 의해 학살당했다. 그의 나이 38세였다.

＊위 작품은 한국외국어대학교 반병률 교수의 자료를 참고하여 소설화하였음을 밝힙니다.

해장라면

해장라면

냄비 아래로 물방울이 한 방울씩 떨어지고 있다. 치익, 꺼질 것 같던 가스레인지 불은 이내 활활 타오른다. 민서는 그 모습을 보면서도 부어오르는 종아리를 만지며 눈을 감지 않으려 애쓴다. 새벽 네 시가 지나고 여섯 시가 되면서 민서는 벌어진 입을 손등으로 막는다. 야간근무가 끝나려면 아직 두 시간이 더 남아 있다.

"야! 라면이 왜 이렇게 안 나와?"

한 청년이 소릴 지른다. 노랗게 염색한 머리에 다부진 몸의 남자다. 그 손이 갈색 쟁반을 두드리는 바람에 빈 스텐 그릇이 흔들린다. 민서는 잠이 확 달아난다. 끓고 있어야 할 냄비가 조용하다. 가스불이 꺼져 있다. 민서는 새 냄비로 교체한 후 가스를 켠다. 대형 솥에서 끓는 물을 한 국자 떠서 붓는다.

청년이 주방으로 고개를 내민 채 민서의 행동을 관찰한다. 민서와 청년의 눈이 마주친다.

"와아~ 미치겠네! 아직 면도 안 넣었다는 말이야."

노랑머리 청년의 눈길이 민서의 귀에서 가슴께를 훑는다.

민서가 움찔하며 돌아서서 냄비에 하얀 면을 던져넣으며 미친 놈, 하고 혼잣말을 뱉는다. 스프 한 숟갈과 떡과 콩나물을 넣는다. 물이 끓어 넘치려는 찰나 불을 낮추고 주전자에서 계란물을 붓고 썰어놓은 파를 곁들인다.

민서는 라면을 이 분 더 끓인 후에 스테인리스 그릇에 해장라면을 옮겨 담는다.

"라면 주문한 지가 언젠데."

노랑머리가 가슴을 친다. 민서가 그의 눈을 보며 말한다.

"환불해 드려요?"

청년이 그릇에 담긴 라면을 본다.

"아니, 내가 안 먹으면 아가씨가 물어야 하는 거잖아."

"저는 괜찮아요. 걱정마시구. 영수증을 주세요."

민서가 앞치마 호주머니에서 사천오백 원을 꺼낸다.

"영수증이 어디에 있어? 금방 버렸는데. 그냥 돈만 내어줘."

"주셔야 해요."

"나중에 찾아줄게. 라면 이거 어차피 버릴 거니까."

노랑머리가 코를 큼큼거리더니 라면 그릇을 빠르게 고객 테이블로 들고 가버린다. 쟁반에 담아놓은 김치와 단무지는 쳐다보지도 않는다. 고객용 탁자에 앉더니 젓가락으로 면발을 집어올려 후루룩 입으로 가져간다. 어느새 라면 국물을 소리내어 마신다. 뜨거운 국물을 마시는 소리에 민서는 피로가 조금 풀리는 것 같다.

그때 관광차가 들이닥쳤다. 차에서 내린 사람들은 유리문을 밀고 들어온다. 민서는 앞치마와 주방캡을 쓰고 해장라면 주문을 받는다. 그녀는 다섯 개의 가스레인지에 올려진 냄비에 여섯 개의 면발을 던져넣는다. 북어살과 콩나물과 떡을 일정량씩 각각의 냄비에 배분했다. 라면이 끓자 주전자에서 계란물을 붓는다. 긴 젓가락으로 똑같은 양의 면을 각각의 그릇에 담아 손님에게 건넨다. 바쁜 와중에도 고객들이 찾아와 김치와 단무지를 더 달라고 하지만 얼마 안 가 모든 음식은 소진되어버린다. 마치 천상에서 주방으로 떨어진 듯한 느낌을 가지며 주방 안쪽에 의자를 붙여 눈을 붙인다.

딩동! 민서 앞으로 해장라면 주문 번호가 뜬다. 그녀는 중간 크기의 냄비에 두 국자의 물을 더 붓는다.

라면이 끓으며 김이 공중으로 솟아오른다. 갸름한 여자의 얼굴은 광대뼈가 나오고 코가 오똑하게 생겼다. 여자의 생김새가 하얀 김 속에 흩어진다. 민서가 가스대 냄비에서 네 개의 그릇에 면을 담기 위해 냄비를 싱크대 옆으로 옮긴다. 라면 냄비에 집게를 넣어 일 인분씩 집는다. 사람들의 표정 속에서 민서는 누군가의 얼굴을 찾는다. 혹시 익숙한 여자의 얼굴이 있지나 않을까. 갸름한 이마 오똑한 코에 광대뼈가 나온 아담한 키의 여자. 그러나 민서의 손은 긴 젓가락으로 면발을 일 인분씩 담아 국물을 자작하게 붓는다.

민서가 피로한 눈으로 덤프트럭에서 내려 휴게소로 들어오는 사람들을 보며 호출 순번을 누른다. 대머리의 중년 남자가 다가오더니 라면을 받아간다.

아침이 이미 밝았음을 확인한다. 여덟 시 사십 분. 은영 아줌마는 오늘 아침에도 지각이다. 멀리 승용차에서 내려 호들갑스럽게 뛰어오는 모습이 보인다.

"미안. 늦었지?"

민서가 앞치마를 벗는데 은영 아줌마는 이미 주방에 와 있다. 손님에게 해장라면을 건네주고는 앞치마를 입는다. 손님이 없는 빈틈을 타 그녀가 주방 밖으로 나간다. 현금인출기에 카드를 넣자 사용불가,라는 문자가 뜬다. 호주머니에 손을 넣어보니 현금도 바닥났다. 그녀가 다시 다른 카드를 들고 현금인출기 쪽으로 나가려는데 담배를 입에 문 청년이 다가온다. 갈색 머리의 학생은 귀 뒤에 해적의 갈고리 같은 문신을 하고 있다. 남동생도 비슷한 모양의 문신을 하고 있었다.

"어이, 라면을 왜 이렇게 안 줘? 아침부터 정신없이 바쁜데."

갈색 머리가 민서에게 턱짓하며 화부터 낸다. 번호가 찍힌 종이를 보니 이제 막 주문한 번호다.

"번호가 화면에 뜰 때까지 기다려주시죠."

민서가 손가락으로 주방 위쪽 번호판을 가리킨다. 붉은 머리학생이 민서의 얼굴과 가슴을 일별하더니 시계를 보며 고객용의자로 간다. 경찰 제복을 입은 남자가 눈을 비비며 휴게실 유리문을 밀고 들어온다. 눈이 부리부리한 오십대의 아저씨다. 민서는 그의 예리한 눈빛을 보며 누군가를 찾는 듯한 느낌을 받는다. 민서는 그 아저씨가 남동생을 잡으러 다니는 게 아닌가 싶어 놀란다. 부리부리한 아저씨의 눈빛이 연신 휴게실 코너마다 살핀다. 민서의 손에 든 콩나물이 끓고 있는 냄비 손잡이에 떨어진다. 그녀는 무심코 콩나물 무더기를 집어올린다.

앗 뜨거! 냄비 손잡이가 따끔하다. 민서의 엄지와 검지의 안쪽 살갗이 화끈거린다. 민서는 찬물에 손을 헹구며 덴 손을 달랜다. 얼음으로 진정시키려는데 라면을 기다리는 사람들이 주방 안을 기웃거린다. 냄비가 끓고 있다. 손가락에 더운 김이 닿자 통증이 인다.

"라면이 왜 이렇게 안 나오는 거야?"

갈색 머리 학생의 얼굴이 불만과 분노로 차 있다. 그의 눈은 빨리 일을 제대로 못 하는 민서에게 심하게 화가 난 듯하다. 그의 얼굴이 아버지에게 혼나는 남동생의 표정과 겹친다. 민서가 바람을 쐬고 집에 들어온 날 아버지는 없었다. 동생의 주먹이 벽을 쳤다. 놀란 민서가 동생의 손을 잡았다. 손등의 뼈가 으스러진 것 같았다. 얼굴은 분노로 일그러져 있었다. 경찰 제복을 입은 아저씨는 어디로 갔는지 보이지 않는다. 민서는 통증이 이는 손을 쓰다듬고는 집게로 면발을 집어올린다.

민서가 눈을 뜨니 TV가 혼자 우지직거리고 칸막이 옷장 문이 두어 개 덩그러니 열려 있다. 휴게소 2층, 이곳은 일일 종사자들을 위한 쉼터다. 빛살이 눈 주위를 어지럽게 떠돈다. 재잘거리던 주방 아줌마들이 없다. 방바닥에는 한두 명이 누울 수 있는 전기 장판과 때 묻은 분홍 이불간 널려 있다. 커튼을 걷어보니 밝았던 하늘이 어두워져 있다. 빗줄기라도 떨어질 것 같다. 민서가 잠들기 전, 아줌마들은 화사하게 피어난 꽃나들이에 관해 이야기했다. 그녀들의 말이 공기 중에 떠돈다. 주방 아줌마들은 휴식 시간이 끝나자마자 단번에 1층 식당으로 내려갔을 것이다.

민서가 고객 테이블로 돌아와보니 빈 그릇들만 덩그러니 남아 있다. 찌꺼기가 묻은 빈 그릇을 보고 있을 때 멍해진다. 민서는 엄마가 사라지고 동생과 둘이 남았을 때 누군가가 먹고 남긴 빈 그릇 같은 느낌이었다. 빈 그릇이 쌓이고 쌓여 밤새 그릇들을 처리하고 나면 화가 목까지 차올랐다.

어제는 은영 아줌마에게 주방일을 부탁하고 민서는 택시에 올랐다. J시 문화예술회관 디피랑으로 가자고 했다. 예술회관 언덕 입구에는 사람들이 움직이는 그림 앞에서 삼삼오오 사진을 찍고 있었다. 이곳은 밤에 개장하므로 멀리서 관광버스나 자가용으로 달려온 사람들이 돌아갈 즈음 휴게소를 찾는 경우가 많았다. 저녁 식사 때부터 소주를 마신 사람들이 자정 무렵 집으로 돌아가며 얼큰한 해장라면을 먹고 싶어했다.

문화예술회관 뒤편 언덕으로 오르는 길은 색색의 빛이 오로라처럼 사람들의 마음을 빼앗았다. 민서는 투명 유리 계단 꼭대기에 올라 두 팔을 벌렸다. 그녀의 팔이 움직이는 날개가 되어 그녀를 비췄다. 화면에는 하얀 드레스를 입은 천사가 민서 위에 오버랩되었다. 나풀나풀 춤을 추자 천상의 정원으로 날아가는 듯했다. 연초록 정원에서 그녀는 아는 사람들과 식사하는 모습을 상상하며 두 팔을 저었다. 그때 핸드폰이 울렸다. 휴게소어서 온 전화였다. 민서는 안내원이 동영상을 다 찍어줄 때까지 모른 척했다. 민영 아줌마가 그녀 대신 휴게소 일을 잘해줄 것이었다. 민서가 전화를 받지 않자 십여 분 후 젊은 총무가 승용차를 몰고 부랴부랴 민서를 데리러 왔다. 민영 아줌마에게서 문자가 와 있었다.

우리 딸이 서울에서 갑자기 내려온단다. 민서야, 빨리 택시 타고 휴게소로 와라.

검은 점퍼를 입고 나타난 총무는 민서를 휴게소로 데려오자마자 목소리를 높였다.

"일일 종사자들은 일을 이따위로 해도 되는 거야? 전화는 또 왜 안 받고 그래, 짤리고 싶어?"

민서는 총무의 승용차에서 내리자마자 곧장 주방으로 달려갔다. 주문대에는 턱수염이 더부룩한 중년 남자와 긴 파마머리 여자가 카드를 꺼내 음식을 주문하고 있었다. 두 사람은 라면 코너를 힐끔거리더니 고객 의자에 나란히 앉았다.

민서 앞으로 주문 번호가 뜬다. 그녀가 대형 솥에서 끓는 국물을 냄비에 붓고 가스불을 켠다. 하루 열두 시간씩 종일 일만 하다 보니 사람이 음식을 먹지 않으면 어떻게 될까,라는 생각이 문득 스친다. 하루, 이틀, 사흘, 일주일, 한 달. 인간은 계속 먹고 또 마시고, 먹고 배설해야만 살아갈 수 있다. 그 단순한 사실이 가끔은

신기하게 느껴진다. 사람은 끊임없이 먹고 마시며 배설한다. 서로 헤어지고, 가족을 버리고, 상처를 주면서도 왜 먹고 마시는 일만큼은 멈출 수 없을까. 그런 생각을 하면서도 민서는 집게로 해장라면의 면발을 집어올린다.

"이게 뭐예요, 라면이 전혀 안 익었잖아요?"

키가 작고 얼굴에 주근깨가 많은 여자가 소리친다. 검은 가죽 점퍼에 짧은 스커트 차림이다.

민서가 입술을 깨물고 고개를 숙인다. 라면 코너를 지나가던 민혁의 표정이 굳는다. 그는 민서와 동갑내기다. 민서의 아버지가 민혁의 회사에 일을 해주러 간 적이 있다.

그때 양복을 입은 중년 총무과장이 나선다.

"이게 뭐야. 똑바로 좀 해라, 응?"

배가 나온 총무는 민서의 가슴에 달린 이름표를 지그시 누르며 말한다. 총무의 손가락이 민서의 자존심을 꾹 누른다. 총무가 주근깨에게 말한다.

"죄송합니다, 고객님! 환불해드릴까요?"

은영 아줌마가 나섰다.

"기분이 상했다면 미안해요. 이제 면이 고루 잘 익었네요. 원래 면을 조금 덜 익혀 내놓아요. 먹으면서 익는 거예요."

주근깨는 라면 그릇에 든 면을 젓가락으로 집어올려 살핀다.

"아니잖아요? 이거 한번 먹어보세요, 라면 맛이 어떤지."

주근깨가 라면 그릇을 민서에게 던지듯 밀어버린다. 민서가 받아먹으려는 순간, 주근깨가 살짝 밀쳤고 라면은 민혁의 구두 위로 쏟아졌다.

"어머, 어떡해!"

민서가 눈이 휘둥그레진 순간, 은영 아줌마가 바닥을 내려다보며 라면 그릇을 집는다.

"어휴, 이게!"

민혁이 민서를 쏘아보았다. 주근깨가 고객용 의자 쪽으로 가버린다. 은영 아줌마가 빠르게 수건으로 민혁의 신발을 대충 닦아주자 민혁은 화장실로 향한다. 은영 아줌마가 밀대를 가져와 민서에게 건네준다.

"내 참! 별 까다로운 년을 다 봤네."

은영 아줌마가 민서에게 웃음을 머금고 얘기한다. 민서는 씻은 그릇을 제자리에 칼같이 정돈하고, 명태살과 떡, 콩나물의 익힘 상태를 살핀 다음 긴 콩나물은 자른다. 은영 아줌마는 힘들게 일하지만, 가끔 즐거워하는 이유를 민서는 안다. 그녀는 일주일 후면 월급날이라 딸에게 돈을 부쳐줄 수 있기 때문이다.

여기 J휴게소는 엄마의 외가가 있던 자리라서 그녀가 여길 지날 때는 일부러 들른다고 했다. 문제는 여자가 이곳에 언제 들르게 될지 모른다는 사실이었다. 여자를 기다리는 시간은 암울하고도 고통스러웠다. 무엇보다 동생에 대한 걱정이 부담을 주었다. 희망을 가지는 것. 시간이 지나면서 그것은 절망이 될 수도 있다는 사실을 깨달았다. 처음에는 라면을 천 개까지만 팔고 일을 그만둬야지, 하고 다짐했다. 퇴근할 시간이 되면 민서는 대형 솥을 바라보며 하루 동안 물이 빠져나간 양을 셈했다. 물 한 솥은 육십 인분이니 어제 저녁부터 오늘 아침까지 해장라면은 백이십 개 정도 팔려나갔다.

고객이 가장 많은 점심시간, 주문대에 줄을 서고 해장라면에 불이 들어오는 것을 보면서 민서의 발에도 가속도가 붙었다. 일의 순서대로 동선을 움직이면 하루 삼백 개에서 사백 개로 치닫던 라면 그릇 수는 육백 단위로, 다시 구백 단위로 늘어났다. 민서는 휴대폰 달력에 숫자를 입력했다. 팔린 라면 숫자는 다음 달로 넘어갔고 어느새 천 그릇을 넘어섰다. 삼 개월이 지나자 일만 그릇에 육박했다. 그사이 만나기를 고대했던 여자는 흔적도 보이지 않았다. 오똑한 코에 갸름한 이마를 가진 여자가 머리를 좌우로 흔들며 손으로 뒤통수를 감싸던 모습이 보일 듯하다 사라졌다. 민서의 참을성은 일만 그릇을 팔면서 한계에 달했다. 여기를 떠나기 전 여자의 얼굴은 한번 봐야 하지 않겠느냐며 자신에게 타일렀다.

'이제 숫자를 반대로 세는 거야.'

그녀는 건너온 시간을 되돌아가듯, 라면이 팔린 숫자를 줄여갔다.

주방 뒤쪽 냉장고에 달걀을 꺼내러가던 민서가 주방으로 들어오는 은영 아줌마와 부딪친다. 그녀가 자신의 엄마가 아님을 확인하며 쌀쌀맞게 지나간다. 달걀을 깨뜨려 주전자에 담아 끓는 라면에 반 컵 정도 붓는다. 심심해진 민서는 양손에 달걀을 들고 맞부딪친다. 달걀은 쉽게 금이 가고 부서진다. 사람의 상처도 그렇게 깨지고 부서졌다 다시 아문다.

동네 입구에 편의점이 보인다. 회사에서 만들어준 체크카드도 정지되었고 현금도 천 원짜리 한 개와 오백 원짜리 동전밖에 남지 않았다. 민서는 은영 아줌마와 돌아가면서 한 달에 네 번 쉰다. 은영 아줌마는 금요일 밤에 쉬고 토요일 아침에 출근하고 민서는 금요일 밤에 일하고 일요일 아침에 출근한다. 그녀가 쉬는 날이면 이어폰을 꽂고 시장에 나가 싸구려 구두와 스카프를 산다. 그저께는 미니스커트를 샀지만, 앞 지퍼가 올라가지 않았다. 싸구려는 늘 문제가 생기지만 살 때의 유혹을 떨치지 못한다. 그래서 월급일 열흘 전부터는 거의 굶기 직전 상태로 지낸다.

만약 민서가 학교에 다니고 있다면 고3이다. 고2 때 학교를 그만두었다. 꼭 다녀야 할 필요성을 느끼지 못해서였다. 고1 때 민서의 짝이었던 은정은 빛나 친구들과 자주 싸웠다. 그들이 지나가기만 해도 민서는 스트레스를 받았다. 하루는 은정의 가방에서 문제의 가발과 담배가 발견되었다. 선생님은 은정이 성적이 좋다는 이유로 가벼운 처벌을 내렸다. 은정은 빛나 친구들과 심하게 다투고 상해를 입은 뒤 시골로 전학을 가버렸다.

새로 부임한 남자 교생 선성님이 상담 시간에 민서를 불렀다. 상담실 창문에는 베이지색 버티컬 블라인드가 드리워져 있었고, 안쪽에는 작은 탁자와 소파가 놓여 있었다. 탁자 위에는 메모지와 노트북, 『코스모스』라는 두꺼운 책이 눈길을 끌었다. 민서는 그 책 표지를 한참 바라보았다.

"밤하늘을 보면 반짝이는 별들만 보여. 하지만 그 사이에는 아주 작고 창백한 별도 있어. 그게 바로 지구야."

교생 선생님이 말을 이었다.

"우주가 별들의 정원이라고 생각해봐. 그 깊고 넓은 정원의 별들은 수많은 환상과 이야기를 만들어내지."

민서는 천천히 고개를 끄덕이며 미소를 지었다.

"우리의 존재는 별의 부스러기야. 별의 먼지로부터 왔지. 인간은 생각하는 먼지라고도 할 수 있어. 모두가 경이로운 존재야. 그러니까 우리는 자신을 가두는 것에서 벗어나 새로운 모험을 할 필요가 있어."

그날 밤, 민서는 좀처럼 잠을 이루지 못했다. 선생님의 이야기는 알 것 같으면서도 대부분 이해할 수 없었다. 잠시 그녀를 스치고 지나간 것들. 엄마의 기억, 주변을 머물다간 것들은 모두 사라졌다. 우리가 여는 화려한 파티 같은 것들도 마찬가지였다. 목을 타고 뜨뜻한 여운을 남기는 음식도 잠시 머물다 떠났다.

다음날, 교생 선생님은 A4 용지를 나눠주며 '미래의 꿈'을 적어내라고 했다.

민서는 조심스레 적었다.

'파티플래너.'

그 아래에 덧붙였다.

'남에게 음식을 대접하며 즐거운 분위기를 연출하는 일. 그것만큼 보람되고 기쁜 일이 있을까요?'

교생 선생님은 그녀의 글을 읽더니 부드럽게 미소를 지었다. 수업을 모두 마친 후 종례 시간에 친구들 앞에서 말했다.

"잔디가 펼쳐진 정원에서 사람들이 화려한 음식을 먹으며 담소를 나누는 모습은 생각만 해도 즐겁고 신나는 일이야. 누구도 대신할 수 없는 자신만의 일을 개척하는 건 새로운 세계를 향한 모험이지."

친구들이 손뼉을 쳤다. 민서는 이제야 비로소 미래가 열리는 듯한 황홀한 기분이었다. 그녀를 바라보는 교생 선생님의 눈빛이 애틋했다. 직접 가위로 잘라낸 단발머리, 단추가 겨우 잠기는 교복, 구겨 신는 운동화. 친구들은 민서를 묘한 눈으로 바라봤다. 한 달이 지나면 교생 선생님은 학사과정을 마치기 위해 대학교로 돌아가야 했다. 민서는 방학을 맞았다. 이어 크리스마스날이 되었다. 교생 선생님에게 줄 장갑과 머플러를 샀다. 엄마를 만나면 사주려고 모아놓은 돈이었다.

민서가 교생 선생님에게 전화했을 때 전화를 받은 사람은 낯선 여자였다.

"난 J 선생님 약혼녀예요. 누구시죠?"

민서는 당황스러웠다. 살아오면서 뜻밖의 일들이 여러 번 있긴 했다. 전화를 끊은 후에도 길을 걷다가, 약혼녀라는 여자의 목소리가 다가왔다. 낯선 여자는 민서에게 따지듯 묻고 있었다. '누구시죠?' 그런 질문을 받을 때면 민서는 숨 막힐 듯 빠르게 달려갔다. 엄마 생각이 나기 때문이었다. 그녀는 엄마에게 물어보고 싶었다. 나는 도대체 누구인가요?

민서가 거울을 본다. 거울 속의 그녀는 이미 다른 사람처럼 보인다. 여자는 결코 민서를 만나러 오지 않을 것이다.

교생 선생님이 학교를 떠나고 나서 민서는 늦은 밤 가발을 쓰고 집 밖으로 나갔다. 역 앞에 서서 담배를 피우며 어슬렁거렸다. 누군가 그녀에게 관심을 주기를 바랐지만, 누구도 그녀에게 눈길을 주지 않았다. 다만 학생들을 지도하기 위해 나온 선도 선생님에게 들켜버렸다. 민서는 굳이 힘들게 학교에 다녀야 할 필요성을 찾지 못했다.

자신에게 씻을 수 없는 상처를 준 여자에게 민서는 그 고통을 반드시 되갚아주겠다고 다짐했다. 그래서 여자를 기다렸다. 라면을 끓인 그릇 수가 삼천 개를 넘더니 어느새 일만 그릇에 육박했다. 다시 반대로 줄여가자 민서는 초조해졌다. 오늘 아침, 라면 판매 숫자는 팔백칠십육에서 시작해 기하급수적으로 줄어들고 있었다. 오지도 않는 여자를 끝없이 기다리는 자신이 비참했다. 민서는 이제 여자와 관련된 모든 것을 지우기로 마음먹는다. 키가 작고 목선이 예쁜, 갸름한 얼굴의 여자가 민서 앞으로 걸어오는 모습을 상상한다.

민서가 차갑게 묻는다.

"누구시죠?"

여자가 민서의 눈매와 머리를 바라보며 제대로 입을 열지 못한다.

"뭘 드릴까요, 찾는 사람 있으세요?"

민서는 어떤 것에도 마음이 흔들리지 않는 자신을 상상한다. 여자가 당황하여 어쩔 줄 몰라 하는 모습을 떠올리자 통쾌함을 느낀다.

라면에 넣을 달걀을 준비하기 위해 민서가 달걀 세 판을 들고 와 하나씩 깨뜨려 커다란 냄비에 담는다. 흰자 속 노른자가 둥둥 떠 있다. 그녀가 중얼거린다.

'병아리로 결코 부화하지 못할 너. 너도 세상 밖으로 날아오르기를 아직도 꿈꾸는 거니?'

커다란 냄비에 담긴 계란 국물을 저어서 주전자에 붓는다. 계란액은 아무것도 아닌 그저 끈적끈적한 액체일 뿐이다. 민서의 머릿속에도 끈적하고 흐물흐물한 것들이 안주하고 있는 것 같다.

"누나. 아무렇지도 않은 척하지 마. 그 여자가 이상한 눈물을 흘리며 날 바라보더ㅡ."

한 달 전 동생이 보낸 마지막 문자였다. 더 이상의 설명도 없었다. 어디서 어떻게 만났는지. 동생이 본 사람이 정말 엄마가 맞는지 물어봐야 했다.

어제도 동생은 집에 들어오지 않았다. 오늘 아침 민서는 동생이 귀가하지 않았다고 아버지에게 연락했지만, 답이 없었다. 동생이 나쁜 짓을 저지르고 다니지 않을까 걱정된다.

"민서야, 불!"

언제 왔는지 은영 아줌마가 소릴 지른다. 빈 냄비가 시커멓게 타고 있다. 민서가 재빠르게 가스를 잠근다.

냄비를 싱크대로 가져가 쇠수세미로 빡빡 문지르자 검은 물이 일어난다.

"무슨 생각을 그렇게 하니? 사고는 한순간이야. 이 휴게소 전체가 하루아침에 잿더미가 될 수도 있어!"

영화 속에서 보았던 빌딩이 폭발하는 장면을 떠올린다. 고객이 휴게소에 들어오면 매번 가스를 켜야 한다. 어제는 불을 낮추고도 끄지 않았다. 민영 아줌마는 약간의 냄새로도 가스를 끄지 않았다는 사실을 알아챈다.

"집에 무슨 일 있어?"

은영 아줌마가 걱정스레 묻는다. 민서가 미소를 보내고는 개수대에 쌓인 그릇들을 스테인리스 그릇과 숟가락, 김치 그릇으로 분리해 식기세척기에 넣는다. 아무 일도 없는 것처럼 차갑게 일에 몰두한다. 입을 열기 시작하면 봇물 터지듯 자신의 처지를 쏟아낼 것 같아서다.

그럴 때 민서는 자신을 돌아본다. 사람들은 모두 웃으며 고속도로를 달리는데 그녀는 현실을 외면한 한 채 도로변에 멍하게 서 있는 기분이다. 꼭 죽은 사람 같다.

구멍이 뚫린 원통형의 쓰레기통을 주방에서 조심조심 밀고 나와 대야에 옮겨 담는다. 불어난 면발이 김치 부스러기와 함께 작은 산처럼 쌓인다. 모두 버려질 운명이다. 서글프다. 민서는 엄마가 버린 부스러기 인생 같다. 불어난 면발처럼 늘어져 어딘가에서 쓰러질지도 모른다는 생각이 스친다.

어젯밤 한밤중에 깨어난 민서는 혼자라는 느낌에 눈에 토이는 것들을 죄다 먹어치웠다. 생라면과 생쌀을 씹다가 구역질이 나면 뱉고 다른 것을 입에 넣었다. 이번에는 동생이 갖다놓은 통조림과 햄버거였다. 민서는 쓰레기처럼 버려질 것들을 가리지 않고 삼켰다.

식재료가 쌓인 창고에서 라면 한 박스를 꺼내온다. 테이프로 봉한 부분을 갈라 비닐봉지를 뜯는다. 뽀얀 라면 사리가 마흔 개쯤 나온다. 라면 사리를 플라스틱 통에 차곡차곡 옮긴다. 이 사리들은 해장라면이 되어 나가고 곧 사라질 것이다. 라면을 끓이는 동안 민서는 동생의 잠든 얼굴을 떠올린다. 지나간 일들이 실제로 있었던 일인지 상상인지 헷갈리기도 한다.

바쁜 시간이 찾아온다. 라면이 팔려나가고 정신없이 움직일 때면 손님에게 대접하는 해장 국물을 그녀가 마시는 듯한 기분이 든다. 몸에 들어간 국물이 가슴을 타고 흐르며 마음을 훈훈하게 한다. 그럴 때 민서는 세상 끝까지라도 달려갈 수 있을 것 같다.

은영 아줌마는 휴게소 구석에서 전화를 받으며 얼굴을 붉힌다. 검지로 화면을 툭 친다.

"망할 년!"

은영 아줌마가 내뱉는다. 분명 딸에게서 돈을 부쳐달라고 온 전화일 것이다. 잠시 생각에 잠겨 있던 아줌마가 문자를 보낸다. 돈이 얼마나 필요한지 묻는 것 같다. 딸은 서울에 기숙하며 모델 학원에 다닌다고 은영 아줌마가 한숨을 쉬며 말했다. 그녀는 자주색 앞치마 호주머니에서 지갑을 열고 카드를 꺼낸다. 휴게소 유리문을 밀고 현금인출기가 있는 쪽으로 간다.

"해장라면? 요즘 이런 것도 파네. 이거 한번 먹어볼까?"

긴 금발 머리에 스무 살 정도의 앳된 여자가 카드를 꺼내들고 메뉴 주문기 앞에 서 있다.

주방 안으로 들어가는데 낯익은 앳된 여자의 목소리에 민서가 쳐다본다. 한빛나. 아빠가 치과 의사였지만 빛나는 반 성적이 나빠 고등학교 2학년 때 그녀의 엄마가 학교에 자주 드나들었다.

"너는 왜 라면을 먹으려고 하니? 피부를 생각해야지."

주황색 블라우스를 입은 중년 여자가 딸에게 불만 섞인 목소리로 말한다.

"난 한국에 오면 제일 먹고 싶은 게 라면이었다고!"

빛나 엄마는 딸에게 어학코스를 밟게 하려고 미국으로 데려갔다고 들었다. 그녀는 사람들을 일별한 후 주방으로 들어가 라면에 떡과 명태살, 콩나물을 던져넣으면서도 귀는 온통 빛나에게가 있다.

빛나는 번호표를 손에 들고 민서의 머리에 쓴 하얀 캡과 얼굴을 살피다 갑자기 소리친다.

"야, 너 민서 맞지?"

"아닌데요."

민서가 싸늘하게 대답하고 라면 그릇이 든 쟁반을 빛나에게 건넨다. 받은 번호표는 휴지통에 던지고 다음 해장라면을 끓이기 위해 냄비에 물을 퍼담는다.

"분명 민서가 맞는데. 아닌가?"

빛나가 해장라면을 받으며 고개를 갸웃한다. 은영 아줌마가 나선다.

"손님! 뭐 잘못된 것이라도 있나요?"

빛나는 아무렇지도 않다는 듯 식당 의자 쪽으로 간다. 라면을 먹다 무언가를 떠올린 듯 라면 코너를 향해 크게 소리친다.

"야, 강민서!"

민서가 빛나 쪽으로 눈길을 돌리지만 곧 마음을 진정시키고 라면 끓이는 것에 몰두한다.

오후 네 시, 고객 의자에는 사람이 거의 없다. 화장실에 다녀온 고객들은 식당 코너를 한번 훑어본 뒤 편의점으로 들어간다. 그때 은영 아줌마가 다가와 민서의 손을 잡는다. 주방에서 화상 사고가 나면 회사가 책임져야 한다며 사무실로 올라가자고 한다. 그녀는 싫다며 손을 내젓는다. 은영 아줌마는 혼자 이층 사무실로 향하더니 금방 내려온다.

"회사는 우릴 사람으로 안 봐. 미친놈! 해고할 테면 해보라지."

대머리의 남자 총무는 이 시간에도 회사는 당신들에게 시간당

돈 계산을 해주고 있다면서, 어서 내려가서 일이나 제대로 하라고 화를 냈다고 한다.

주방으로 돌아온 은영 아줌마가 쌓인 라면 그릇에 세제를 발라 개수대에 툭툭 던지며 분을 삭인다.

민서가 퇴근할 준비를 한다. 주방의 다진 파와 계란물과 떼어놓은 떡의 상태를 확인한다. 그녀에게 주문이 들어온 번호를 체크한다. 그때 선글라스를 쓴 사십대 아주머니가 머플러를 늘어뜨리고 휴게소 식당으로 들어온다. 선글라스는 가죽 점퍼를 입은 키 큰 남자의 팔짱을 끼고 코너를 둘러보며 라면 코너의 민서를 유심히 살핀다.

"우리 딸도 저만한 나이인데."

촉촉한 목소리다. 작은 키에 갸름한 얼굴, 목선이 예쁜 여자. 어딘가 낯익다. 당황한 민서는 선글라스 여자를 노려보다 화장실에 가는 척 뒤뜰로 간다. 냉장고 룸에서 김치 한 통을 꺼낸다.

선글라스가 휴게소 유리문을 밀고 나가자 민서는 급히 그녀를 뒤따라간다. 그녀는 고급 승용차 앞에 선 남자를 보며 까르르 웃고 있다. 민서가 온 줄도 모른다. 목선이 예쁜 아주머니가 선글라스를 벗고 승용차에 오른다. 얼굴에 쌍꺼풀을 한 여자다. 민서는 그녀를 엄마라고 착각했던 것이다.

민서는 새벽에 살금살금 집에 들어오던 엄마를 보자마자 폭행하던 아빠가 너무 미웠다. 그녀가 여기서 라면을 끓이며 많은 사람을 보았다. 밤새 고속도로를 달려 휴게소에서 잠시 쉬는 아저씨들을 보니, 그들도 안쓰러웠다. 아빠는 엄마가 없는 시간을 견디지 못해 술을 마셨던 것일지 모른다.

요즘 민서는 아침마다 여자가 나타나는 꿈을 떠올린다. 어제 꿈에서는 그 여자가 손을 내밀었고, 싫었지만 민서는 무심코 그 손을 잡아버렸다. 이내 여자의 손이 희미해지고 주위가 점점 뜨거워지더니, 뙤약볕이 내리쬐고 있었다. 민서는 얼굴이 붉어져 결국 사과가 되었다. 여자는 그 사과를 쓰다듬으며 "참 예쁘게 생겼어"라고 말했다. 여자는 그것이 민서라는 걸 모르고 있었다.

어제 민서는 J마트에서 성원이 좋아하는 크림빵과 딸기우유, 자신이 좋아하는 초코우유를 샀다. 계산대 앞에 놓인 립스틱도 함께 계산했다. 월급이 들어온 날이었기 때문이다.

립스틱을 들고 2층 직원 화장실로 향한다. 계단과 코너마다 거울이 있고, 거울이 거울을 비출 때 조금 떨떠름한 기분이 된다. 거울 속에 민서의 얼굴이 있고 그 속에 은영 아줌마가 보인다. 그 안에는 보일 듯 말 듯 '여자'가 숨어 있다. 거울 앞에서 민서는 어제 산 펄이 섞인 분홍빛 립스틱을 바른다. 입술을 쭉 내밀자 그것이 꽃처럼 커다랗게 자라나 거울 속에서 하늘거린다. 마지막으로 보았던 그 여자처럼, 입술을 오므렸다 펴며 웃어본다. 그러다 손으로 입술을 지운다. 쉽게 지워지지 않자 휴지로 문지르다 물을 틀어 비누에 거품을 내어 문지른다. 여자를 지우고 또 지운다.

4월의 마지막 주, 금요일이다. 민서가 호주머니에서 화상약을 꺼내 입에 털어넣는다. 약사가 처방해준 약은 이게 마지막이다. 약을 먹으면 심하게 아프지는 않다. 일일 종사자는 보험이 안 된다. 민서가 다친 손으로 일했다는 사실을 회사에서 알면 그녀는 해고다.

그녀는 무표정한 얼굴로 하얀 캡과 스마일 마크가 찍힌 앞치마를 두르고 주방으로 향한다. 상처를 휴지로 싸서 유리 테이프로 붙이고 면장갑을 낀 후 붉은 고무장갑을 낀다. 해장라면을 끓이기 위해 떡과 삶은 콩나물과 북어살을 준비한다.

손님들이 물밀듯 들이닥치기 시작한다. 어떻게든 버텨야 한다. 민서의 손과 발은 한 치의 오차 없이 가스대로, 대형 솥에서 끓는 물을 옮겨 담는다. 움직일수록 표정은 더 차가워진다. 실수는 용납되지 않는다. 로봇처럼 순서대로 움직이다보니 냄비에 얹은 물의 양만큼 해장라면이 팔려나간다. 설거지가 밀리자 식탁을 닦던 할머니가 주방에 들어와 빈 그릇을 씻어준다.

관광차가 두어 대 더 들어오자 휴게실 안은 사람들로 넘쳐난다. 터질 듯 꽉 찬 풍선 같다. 민서의 손이 쉴 틈 없이 움직인다. 라면이 나오기를 기다리는 사람들의 아우성이 귓전에서 윙윙거린다. 덴 손의 아린 통증이 우둔해진다. 민서는 올라오는 생각 어디에도 마음을 두지 않는다. 생각의 부스러기들이 눈 녹듯 사라진다.

휴게소로 밀려오는 사람들 사이로 좌우를 살피는 갸름한 얼굴의 여자가 눈에 띈다. 오똑한 코에 물방울무늬 옷을 입은, 키가 작은 그녀가 민서를 가만히 바라보고 있다. 껌을 씹으며 주문대에 선 여자는 해장라면을 주문한 뒤 민서에게 천천히 다가온다. 민서는 번호표를 받아들고 갸름한 얼굴의 물방울무늬 여자에게 차갑게 눈을 내리깔며 해장라면을 건넨다. 곧장 고개를 돌려 주방에서 끓고 있는 다른 해장라면에 시선을 준다.

그 잠깐 사이 여자가 보이지 않는다. 민서가 식당 안을 살핀다. 사람들은 방금 건네받은 음식을 테이블 위에 놓고 의자에 앉아 왁자지껄 얘기하며 음식을 먹는다. 삼삼오오 자리에서 일어나 휴게소를 나가는 사람들 틈 사이에도 그 여자는 보이지 않는다. 머리가 하얘지며 참을 수 없는 분노가 치밀어오른다. 여자는 민서에게 말 한마디 건네지 않고 그냥 사라져버린 것이다.

그녀 몫의 일을 빠르게 처리한 뒤 곧장 주방 밖으로 나간다. 오늘은 아르바이트생이 주방 일을 도우러 올 예정이다. 은영 아주머니가 바빠 죽겠는데 어딜 가느냐,며 소리친다. 민서는 듣는 둥 마는 둥 자신을 닮은 여자를 찾아 고속도로 휴게소 밖으로 뛰어나간다. 휴게소 입구의 벚꽃은 이미 다 떨어졌지만, 주차장에는 트럭과 버스, 승용차들이 즐지어 서 있다.

만능 물품 가게 뒤로 관광버스가 여러 대 서 있다. '무주 구천동'이라고 적힌 관광버스에 음료와 술을 손에 든 중년의 낙녀가 올라탄다. 민서는 차에 오르는 사람들을 유심히 살핀다. 갸름한 얼굴에 분홍 원피스를 입은 키 작은 여자가 버스에 오르는 것을 확인한다. 민서가 달려가자 여자는 차 안으로 사라지고 버스 문이 바로 닫힌다. 엄마! 엄마! 민서가 서서히 움직이는 버스를 손바닥으로 두드리며 미친 듯 달려간다. 하지만 그것은 생각뿐이다. 차창 속 분홍 원피스 여자는 중년의 남자 옆에 다정하게 앉아 있다. 민서는 단번에 고개를 돌려버린다.

텅 빈 주차장 바닥에 널브러져 하늘을 본다. 오늘은 햇볕이 무척 따갑다. 민서가 화상 입은 손을 들여다보며 중얼거린다.

"내가 너무 잔인했지? 미안해!"

눈을 감자, 따스한 볕이 해장라면 국물처럼 마음을 녹여준다. 멀리서 사람들이 다가오는 것이 보인다. 민서가 벌떡 일어나 주방 모자와 앞치마를 벗고 휴게소 안으로 걸음을 옮긴다. 계산대에서 주문을 받는 언니에게 인사하고 해장라면을 주문한다. 그 모습을 본 은영 아주머니가 주방에서 얼굴을 내밀고 소릴 지른다.

"민서야 뭐하니, 바빠 죽겠는데 어서 와서 라면 끓이지 않고 뭐 해?"

주방에는 훤칠한 키의 주말 아르바이트생이 막 출근한 듯 주방 모자를 쓰고 붉은 앞치마를 두르고 있다. 그는 대형 솥에서 끓는 물을 국자로 떠 냄비에 붓고, 가스불을 켠 뒤 라면 사리를 넣는다.

그 모습을 지켜보던 민서는 예전에 경찰관이 식탁 위에 놓고 간 국비 조리전문학교 전단지를 떠올린다. 경찰관이 앉았던 한식 의자로 자리를 옮겨 앉는다. 핸드폰을 열어 조리전문학교를 검색한다. 주소는 부산. 기숙사도 있다. 장학생 안내란도 보인다. 검지 안쪽 불에 덴 부분이 아릿하다. 터진 물집에 새살이 돋는 듯 가렵다.

해장라면이 나왔다는 번호가 화면에 뜬다. 민서가 라면 번호표를 아르바이트 소년에게 건네고 방금 끓인 라면을 받아든다. 뜨끈한 면발과 국물이 민서를 바라보는 듯 뜨겁게 김을 올린다. 얼큰하고 따뜻한 향이 그녀를 조용히 감싼다. 민서는 이 휴게소에서 매일 일정량의 라면을 팔아왔다. 오늘은 일흔일곱 번째, 여기에 일만을 더한다. 매일 여자에 대한 그리움을 담았다 비우고 다시 담은 숫자였다.

식사를 마친 민서가 앞치마와 위생모자를 아르바이트 소년 앞에 놓고 휴게소 밖으로 걸어나간다. 대형 트럭과 고속버스, 승용차들이 군데군데 줄지어 선 풍경을 지나 탑승장으로 향한다. 휴게소에서 출발하는, 버스를 놓친 승객들을 위한 작은 대기 공간이다. 마침 버스 한 대가 늠름하게 서 있다. 전광판에 종착지가 '부산'이라고 적혀 있다. 민서가 다가가자 차의 출입문이 부드럽게 열린다. 그녀는 숨을 고르고 버스 출입구로 성큼 다가간다.

샤니와 라우나

샤니와 라우나

라우나는 주먹도끼를 손에 꼭 쥐었다. 날카롭게 벼려진 끝을 바라보자 알 수 없는 힘이 온몸에서 솟았다. 돌덩이는 단단한 망칫돌을 가하는 힘에 따라 떨어지는 돌의 두께가 달라졌다. 처음 둔탁한 돌덩이는 그의 손길 아래 점점 얇아지고 날이 서 주먹도끼로 변했다. 그는 그것을 이리저리 돌리면서 긁개로 다시 손보았다. 마지막으로 라우나는 짐승을 공격하듯 몇 번 빠르게 휘둘러보았다. 아무리 휘둘러도 끝이 부서지지 않게 만들어야 했다. 작은 나무를 향해 주먹도끼를 내리치자 단번에 잘렸다. 이 도끼는 갓 잡은 동물의 숨을 끊을 때뿐 아니라 가죽을 살코기에서 발라낼 때와 나무줄기를 잘게 썰 때 요긴하게 쓰였다.

라우나가 씨족들과 불을 피워 식사하는 원형 바위로 걸어갔다. 바위 식탁 위에는 사촌누이 쑤와가 고기에서 발라낸 가느다란 갈비뼈가 놓여 있었다. 그녀는 시간이 날 때마다 주먹도끼로 갈비뼈 윗부분을 조심스레 눌러 구멍을 냈다. 이어 돌칼로 가죽을 적당히 잘라 구멍난 갈비뼈에 넝쿨 실을 끼워 옷을 만들곤 했다. 손질한 동물 가죽은 다듬기가 끝나면 동굴로 가져갔다. 가죽을 자르고 잇는 일은 언제나 쑤와의 몫이었다. 그녀는 옷을 만드는 일보다 사냥을 더 좋아했고, 어린 진첸을 데리고 나가 짐승을 만났을 때 살아남는 법을 가르치곤 했다. 씨족 사람들은 지금 쑤와가 만든 가죽옷을 걸친 채, 동굴 깊은 곳에서 고요한 잠에 빠져 있을 것이었다.

라우나는 밤에 익숙해 채석장 바위 앞에 앉아 있는 것을 좋아했다. 호수에서 바람이 불어왔다. 그는 어둠 속에서 더 큰 사냥감을 쓰러뜨리는 모습을 떠올렸다. 내일은 거대한 코뿔소를 잡을 수 있을 것만 같았다. 종종 사라졌다가 불쑥 나타난 쑤와는 믿기 어려운 이야기를 들려주곤 했다. 옛날에는 계절이 바뀔 때까지 먹고도 남을 엄청나게 큰 짐승을 잡았다는 것이다. 그럴 때면 라우나는 그녀의 아들 진첸에게 가장 연한 고기를 먼저 챙겨주었다. 밤이면 쑤와와 몸을 섞었다. 그는 쑤와가 말한 그 거대한 짐승이 어떤 모습일지 상상했다. 거대한 짐승을 사방에서 몰아가는 장면을 떠올리다 고개를 들었다.

라우나의 시선이 호수 건너편의 둔덕에 머물렀다. 어둠 속에서 움직임이 보였다. 젖가슴이 달린 뽀얀 살갗의 여자가 바위 위에 앉아 손에 무엇인가를 들고 있었다. 머리카락 외에는 몸에 털이 없어 보이는, 맨살 인간이었다. 가느다란 팔과 길게 뻗은 다리, 흰 피부가 달빛에 빛나고 있었다. 라우나는 그 여인을 바라보자 가슴이 뛰기 시작했다.

밤이 깊어 맨살 여자가 별을 올려다보자, 라우나도 따라 고개를 들어 하늘을 바라보았다. 그녀는 팔과 손을 크게 흔들며 무언가를 그려보였다. 어디에서 왔는지, 누구인지 묻는 몸짓처럼 보였다. 그러나 동물의 법칙은 늘 같았다. 생태계에서 먼저 발견한 쪽이 우위를 가졌다. 한 종족이 다른 종족을 보았다면, 먼저 본 쪽이 상대를 없애야만 했다. 그렇지 않으면 언젠가 갑작스러운 공격을 당할 수 있었다. 라우나는 자신에게 불씨가 있다는 사실을 떠올렸다. 불은 짐승들을 쫓아내는 힘이었다. 맨살 여자의 종족도 타오르는 불을 보면 두려움에 물러날 것이다. 그는 단단한 나무 속에 숨겨둔 불씨를 내려다보며 생각에 잠겼다.

건너편의 맨살 여자는 종종 자취를 감추었다. 라우나가 바라볼 때만 없는 것인지, 둘의 시간이 엇갈린 것인지 알 수 없었다. 맨살 여자가 건너에서 그를 쳐다볼 때 라우나는 형제들과 사냥을 나가 있었을지도, 혹은 열매를 채집하러 숲으로 들어갔을지도 모를 일이었다.

여자를 발견한 지 일곱 번째 밤이었다. 라우나는 맨살의 여자가 길게 뽑아내는 이상한 소리를 들었다. 음이 오르내리며 반복되었고, 길게 이어지는 소리에는 라우나를 끌어당기는 묘한 힘이 있었다.

그는 긴 소나무 가지를 찾아 불을 붙였다. 끈적한 송진이 타오르며 빛이 번졌다. 횃불을 들자, 세상의 모든 짐승과 인간이 그의 발 아래 있는 듯한 위력이 느껴졌다.

라우나는 여자를 더 가까이에서 보고 싶었다. 횃불을 조금 들어올리자 호수 건너 풍경이 어둠 속으로 가라앉았다. 그때 맨살 여자가 노랫소리를 멈추고 이쪽을 바라보았다. 라우나는 얼굴을 내밀어 그녀를 응시했다. 어둠이 그녀의 뒤편에서 밀려오는 듯 했다. 맨살 여자는 당황한 듯 고개를 갸웃거리며 그를 바라보았다. 라우나는 손짓으로 마음을 전해보았다.

'나는 너를 알아. 오래 전부터. 더 가까이 보고 싶어. 네가 없을 때도 너의 모습이 자꾸 떠올라.' 그러나 그녀가 그의 뜻을 이해할 리 없었다.

맨살 여자의 뒤에서 또 다른 남자가 나타났다. 가죽옷을 걸친 맨살 남자가 머리를 좌우로 흔들며 이쪽을 날카롭게 응시했다. 라우나는 놀라 횃불을 낮추고 자신이 사는 동굴의 반대편으로 몸을 돌렸다. 만약 그들이 공격해온다면 위험한 쪽으로 유인하기 위해서였다. 그곳은 뾰족한 바위들이 하늘로 솟은 험한 지대였다. 라우나는 불을 들고 바위 사이로 뛰어오르고 내려가며 절벽 아래 어둠 속으로 사라졌다.

잠들어 있던 라우나가 꿈에서 깨어났다. 꿈속에서 그의 씨족들은 피투성이가 된 채 쓰러져 있었다. 그는 놀란 마음으로 손을 뻗어 진첸의 얼굴을 만져보았다. 따뜻했다. 진첸은 외삼촌 가지 마, 하고 잠꼬대를 했다. 라우나는 아무 일도 일어나지 않았다는 사실에 깊이 안도했다. 어린 진첸이 나뭇잎 이불을 발로 찼다. 잠자던 쑤와가 진첸에게 이불을 덮어주었다. 동굴 천장에 박쥐들의 검은 흔적이 어렴풋이 보였다. 그는 날개를 가진 새가 되어봤으면 하고 생각한 적도 있다. 진첸처럼 어렸을 때는 꿈속에서 새처럼 날아오르려 무척 애를 썼다. 나쁜 놈은 그를 잡으러 오고 있었지만, 그는 달아나면서도 날개가 펴지지 않았다. 날개가 있으면 세상이 어떻게 생겼는지 얼마나 넓은지도 알 수 있을 것이었다. 그의 발은 땅에 머물렀다. 그가 성장하는 사이 그는 씨족들과 함께 겨울에는 짐을 싸서 남쪽으로 이동해야 했고 여름에는 북쪽으로 이사를 해야 했다. 그들은 철새처럼 이른 봄 남쪽의 '거칠산국'(삼한시대 전후 존재했던 부산 동래 일대의 소국)에서 여러 밤을 지나며 북쪽으로 옮겨왔다. 이동 중 그의 어린 아내가 아기를 낳는 바람에 더는 이동할 수 없었다. 아내는 아기를 낳은 후 숨을 거두었다. 품에 안겨 있던 아기도 젖을 빨다 숨을 멈추었다. 그는 땅을 파고 아내와 갓난아기를 나란히 눕혀 흙을 덮어 봉분을 쌓았다. 그가 봉분 앞에 가만히 앉아 있으면 마른 풀잎들이 가냘프게 흔들리고 있었다.

라우나 일행은 그곳에서 멀지 않은 곳에 동굴을 발견하고 잠시 머물기로 했다. 지금의 동굴에 도착했을 때 씨족장은 가까운 거리의 다른 족장을 만났다. 그는 이곳이 '우시산국'(삼한시대 전후 존재했던 울주 울산, 양산 서창동 일대의 소국)이라 일러주었다. 씨족들은 동굴 안의 오물과 쓰레기를 치웠다. 돌도끼로 흙을 파고 잠자리와 음식 저장고를 만들며 주변을 조금씩 바꾸어나갔다.

동굴 입구 왼쪽 벽을 돌면 아늑한 공간이 있었다. 라우나 일행은 그곳에 자리를 잡았다. 더 깊숙한 곳에는 그의 형제들과 부모, 사촌들이 풀을 깔아 만든 바닥에 잠들어 있었다. 오른쪽의 깊은 통로는 아버지의 형제들과 그 자녀들이 쓰는 자리였다.

잠든 가족들 사이에서 부부들이 서로 몸을 더듬다 숨을 섞는 소리가 은근히 흘렀다. 어른들은 잠들면서도 사나운 짐승이 아이들을 노리지 않을까 늘 불안해했다. 라우나는 공포에 무기를 곁에 두고 잤지만, 꿈속에서는 침입자에게서 도망치고 있었다. 옆에서 자던 사촌누이 쑤와가 그의 몸을 흔들자 동굴 속 풍경이 눈에 들어왔다. 진첸은 깊은 잠에 빠져 있었다. 라우나는 분명 뽀얀 살결의 맨살 여자를 떠올리며 잠들었지만, 꿈속에서는 끝내 가까이 다가가지 못한 채 도망치는 신세가 되었다.

신비한 소리를 내던 그 여자가 자신을 부르는 것만 같았다. 라우나가 밖으로 나가려 할 때 쑤와가 그의 다리를 붙잡았다. 그는 볼일을 보러가는 척하며 조심스럽게 그녀의 손을 떼어냈다. 다른 풀과 나뭇잎에 이어 모래와 자갈이 발바닥에 밟혔다. 동굴 입구 오른쪽에서는 아이들의 용변 냄새가 났다. 어른들도 급하면 이곳을 이용했다. 라우나는 코를 막으며 동굴을 빠져나갔다.

라우나는 사촌 형제가 꺼지지 않도록 넣어둔 불씨를 집어들고 채석장으로 향했다. 어젯밤 다듬다 만 돌도끼를 손에 들고, 망칫돌로 아래쪽을 가볍게 톡 건드렸다. 그래야 얇은 조각이 떨어졌다. 그러나 너무 적게 부서졌다. 다시 힘을 주었지만 이번에는 돌이 아예 반응하지 않았다. 라우나는 눈을 가늘게 뜨고 있는 힘껏 내려쳤다. 순간 돌에서 불꽃이 번쩍 튀었다. 그는 숨을 삼켰다. 차가운 돌에서 불이 솟아오르다니. 있을 수 없는 일이었다.

혹시 착각일까? 그는 다시 한번 내려쳤다. 이번에는 돌이 부딪히는 소리만 공허하게 울렸다.

바람이 불어오자 호숫물이 떨리며 물비늘을 만든다. 라우나가 호수 건너편을 바라본다. 막 호수에서 몸을 씻고 나가는 맨살 여자가 라우나를 보고는 풀옷으로 몸을 가렸다. 맨살 여자가 커다란 활에 줄을 매단 나무를 껴안고 손가락으로 퉁기고 있었다. 줄에서 특이한 소리가 났다. 길게 뺀 음이 라우나의 가슴속으로 스며들었다. 손가락으로 줄을 퉁길 뿐인데, 어찌 그토록 깊은 소리가 나는 것일까.

호숫가의 물이 쉼 없이 밀려들며 찰박인다. 라우나는 그녀를 찾아가기로 마음을 먹었다. 호수를 빙 둘러가면 맨살 여자의 움막이 있을 것이다. 달빛이 무척 밝다. 동굴 호수의 왼쪽 언덕으로 올라가면 해가 뜨기 전에 돌아올 수 있을 것 같았다. 그는 나무창과 불씨를 들고 출발했다. 라우나는 밤을 좋아했고 어둠 속에서 걷는 법을 알고 있었다. 호숫가 물결은 쉬지 않고 밀려와 발밑에서 잔잔히 부서졌다.

동굴에서 오백 보쯤 걸었을 무렵, 비탈에서 발을 헛디뎌 호수로 떨어질 뻔했다. 그는 몸을 가다듬고 주변을 살핀 뒤 조심스레 비탈을 벗어났다. 라우나는 발걸음을 옮길 때마다 긴장감으로 주위를 둘러보았다. 불씨를 높이 들자 그의 그림자가 풀더미 위에서 흔들렸다. 나무뿌리 사이로 돌이 솟아 있을 수도, 뱀이 숨어 있을 수도 있었다. 그는 맨살 여자와의 거리가 조금씩 줄혀지는 듯한 설렘이 일렁였다.

호수 주위를 따라 작은 막집들이 오밀조밀 이어졌다. 거친 풀을 엮어 만든 지붕은 가운데가 뾰족했고, 앞마당에는 도구와 기구들이 어지럽게 놓여 있었다. 그것들이 모두 라우나를 향해 낯선 눈빛을 보내는 듯했다.

그가 막집 앞 나무 뒤에 몸을 숨겼을 때, 둥근 바위 위에 앉은 맨살 여자가 보였다. 풀잎으로 젖가슴을 가리고 노래를 부르던 바로 그 여자였다. 그녀는 이제 바위에 앉아 나뭇가지로 선을 긋고 있었다. 긴 머리칼이 바람에 날렸다.

라우나가 숨을 여러 번 고르다 그녀 앞에 모습을 드러냈다. 맨살 여자가 깜짝 놀라며 크고 투박한 얼굴과 커다란 발을 보았다. 다음 순간 잽싸게 달려들어 그의 목을 조였다. 손에 든 날카로운 도구가 그의 숨구멍을 찔렀다. 그의 목에서 피가 한두 방울 흘렀다. 인간이 새로운 종족을 만나면 그가 적인지 친구인지부터 의심하는 것은 당연한 일이었다.

라우나는 그녀의 목에 걸린 새 깃털 목걸이를 보고 미소를 지었다. 여자의 손목에서 힘이 조금 풀렸다. 그는 불씨를 조심스레 바닥에 내려놓고 두 손을 모아 정중히 고개를 숙였다. 그제야 그녀는 경계를 내려놓고 라우나에게 손을 내밀었다. 그녀의 따뜻한 손이 그의 손을 감쌌다. 라우나는 자신이 완전히 새로운 세계에 들어섰음을 실감했다. 그것은 설렘과 호기심, 알 수 없는 두려움도 섞여 있었다.

그녀가 라우나의 어깨를 두드리며 손가락으로 방향을 가리켰다. 호수 건너에서 왔느냐고 묻는 듯했다. 라우나가 고개를 끄덕였다.

"너, 그리고….."

맨살 여자는 손가락을 하나씩 접으며 숫자를 세었다. 아마 '너희 씨족은 몇 명이냐'고 묻는 몸짓일 것이다. 라우나는 대답하고 싶었으나 어떻게 말해야 할지 몰라 머뭇거렸다. 그의 씨족 언어는 단순했다. 그는 애매한 표정으로 그녀를 바라봤다.

여자는 바닥에 놓인 불씨를 들어 그의 얼굴을 비춰보았다. 돌출된 눈두덩과 광대뼈, 좁은 이마를 호기심 가득한 눈으로 살폈다. 무엇보다 그녀는 라우나의 팔과 가슴에 난 털을 신기해 했다. 그는 원숭이에 비하면 털이 터무니없이 적었지만, 그녀는 라우나를 원숭이 대하듯 신기해했다. 팔과 손등을 만지다 자신을 가리켰다.

"샤니."

라우나는 털이 난 가슴을 손으로 치며 말했다.

"라우나."

샤니는 이해했다는 듯 고개를 끄덕이며 밤하늘의 별을 가리켰다. 그녀는 무른 돌을 집어 바위 위에 하얗게 점을 찍었다. 라우나는 그 점과 밤하늘을 번갈아보았다. 별은 마치 샤니와 자신을 가리키는 표식 같았다.

샤니는 그를 막집 안으로 이끌었다. 벽에는 두세 장의 가죽이 걸려 있었고, 바닥엔 낯선 창이 놓여 있었다. 돌로 만든 뾰족한 끝이 묶인 가벼운 창이었다. 덩치 큰 짐승이 맞으면 치명적일 것이었다. 무기를 손에 든 샤니가 말했다.

"슴베찌르개."

그것은 놀랄 만큼 가벼웠다. 그의 돌도끼는 무겁기만 했고, 나무창은 쉽게 부러졌다. 그는 늘 짐승을 한번에 쓰러뜨릴 무기를 갈망해왔다. 라우나는 날카로운 돌과 나무를 묶은 줄을 풀었다 묶으며 감탄했다.

그때 샤니의 형제들이 그녀를 부르는 소리가 들렸다. 그녀는 갑자기 라우나에게 슴베찌르개와 불씨 든 봉을 쥐어주며 서둘러 나가라고 손짓했다. 움막을 빠져나온 라우나는 키 큰 나무 뒤에 몸을 숨겼다.

그 순간 라우나는 놀라운 광경을 보았다. 맨살 남자가 나무판의 구멍에 막대를 끼운 뒤, 손바닥으로 빠르게 비벼대기 시작했다. 양손을 좌우로 빠르게 움직이자 어느 순간 구멍에서 불씨가 피어올랐다. 그들은 그 불씨를 낙엽에 옮겨 붙였다.

라우나는 눈을 크게 뜨며 숨을 삼켰다. 그의 부모와 그 이전 세대까지, 불을 얻기 위해 얼마나 고생해왔던가. 불씨가 꺼지지 않도록 매일 밤 불 지킴이를 세워야 했다. 불씨가 꺼지는 것은 곧 씨족 전체가 어둠 속으로 추락한다는 뜻이었다. 불 없이 지내면 얼어죽거나 들짐승의 위협으로부터 씨족을 지킬 방법도 없었다.

이곳의 인간들은 나무판과 막대만으로 스스로 불을 만들어내고 있었다.

깊은 밤이 지나고 사람들이 사라지자 라우나가 모습을 드러냈다. 그는 불을 피우던 발화 나무대에 살금살금 다가가 손으로 더듬어보았다. 단단한 나무대와 막대. 이것만 있다면 이제 밤새 불씨를 지킬 필요가 없을 것이다.

해가 어둠 속에서 막 태어나려 하는 것을 보았다. 라우나가 어둠을 헤쳐 자신의 씨족이 머무는 동굴로 돌아오는 동안 가슴을 진정시켜야 했다. 불을 피우는 도구를 놓칠까 조심조심 바위와 언덕을 뛰어올랐다 내려갔다. 또한 샤니가 준 발화봉은 단단한 느릅나무일 것으로 추정했다.

돌 언덕을 내려올 때 산 위로 하늘이 발그레하게 물들고 있었다. 라우나는 짐승들의 아지트 근처의 위태로운 지형보다는 안전하게 돌아가는 길을 택했다. 그의 씨족이 거주하는 동굴 근처에 다다라 석기를 다듬는 자신의 편평한 바위를 보고서야 안도했다.

물을 마신 뒤 숨을 고른 그는 밤새 마음에 맴돌던 장면을 떠올렸다. 샤니의 형제가 막대를 들려 불씨를 만들던 그 신비로운 순간을 떠올리며 라우나는 나무 발화대에 막대를 끼워 두 손바닥으로 비볐다. 그러나 불씨는 쉽게 생기지 않았다. 조급해져 멈춰 들여다보고, 다시 비비기를 반복했다. 손에 열이 오르고 눈에 눈물이 고이는 동안 그는 단 한순간도 멈추지 않았다.

마침내, 나무 속에서 불씨가 피어오르는 순간 라우나는 하늘에 감사했다. 태양이 직접 그에게 불의 힘을 건네준 듯했다. 세상을 손아귀에 넣은 듯한 기쁨이 가슴에서 목으로 차올랐다. 돌의 살점을 떼어내 주먹도끼를 만들던 그의 손이 이제 불까지 길들이게 된 것이었다.

열 번의 밤이 흘렀다. 호수 건너편에서는 샤니의 그림자조차 보이지 않았다. 그녀의 형제들 또한 마찬가지였다. 아침과 밤마다 바라본 막집은 희미하게 보이다 끝내 사라졌다. 그가 호수를 돌아 맨살의 샤니를 만나고 온 것이 터무니없는 거짓말 같았다.

깊은 밤, 라우나는 쑤와 옆에 세워둔 창을 바라보다 밖으로 나갔다. 동굴 근처에서 무언가가 어슬렁거렸다. 그는 재빨리 창을 움켜쥐고 낮게 웅크린 채 주위를 살폈다. 언덕 아래에는 그의 작업장이 있었고, 그 아래로 강물이 흐르고 있었다.

볼일을 본 라우나가 그의 작업장을 일별하고 동굴 쪽으로 가려고 했을 때였다. 짠! 그의 뒤에서 환한 햇불이 나타났다. 눈이 부셨다. 놀란 그가 실체를 확인했다. 샤니였다. 라우나가 햇불을 받아들고는 코끝으로 샤니의 체취를 들이마셨다. 샤니의 매끄러운 얼굴에서는 눈이 반짝였고 볼에는 윤기가 흘렀다. 가슴과 아랫도리를 가리는 가죽옷 밖으로 팔과 긴 다리의 피부가 달빛에 하얬다.

샤니는 고깔모자에 독수리 깃이 달린 목걸이를 걸고 있었다. 라우나가 두 손바닥을 세워 그녀와 맞부딪치며 인사했다. 샤니의 다른 손에는 구멍난 나무대와 가느다란 막대가 들려 있었다. 불씨를 피우는 나무 기구였다. 라우나가 그것을 감격스럽게 받아들었다. 그때, 땅바닥이 미세하게 떨렸다. 샤니가 걸음을 옮길 때마다 그림자가 조금씩 움직였다. 라우나는 샤니를 따라온 사람이 있다는 사실을 직감했다.

그는 샤니를 데리고 자신의 채석장으로 향했다. 흙벽에 박힌 꼬챙이에 가죽옷이 걸려 있었다. 샤니가 한쪽에 일렬로 놓인 주먹도끼와 돌도끼를 찬찬히 살펴보았다. 발걸음을 천천히 라우나에게 옮기더니 그의 미세한 팔털을 호기심 어린 손길로 부드럽게 쓰다듬었다. 라우나는 그녀의 살갗이 자신의 몸에 닿는 것이 좋았다. 그가 미소 지으며 가죽옷을 벗었다. 샤니가 그를 바라보며 무언가를 설명했다. 라우나가 그녀의 입 모양과 눈을 보았다. 샤니는 손가락으로 나무대와 가는 막대를 그리더니 무언가를 설명했다. 라우나는 그것이 부모가 쓰던 것이라고 말하는 것 같았다.

"네가 가져간 건… 내 아버지의 것이야. 그건 내게 아주 소중해. 돌려줘야 해. 무슨 말인지 이해할 수 있지?"

샤니의 말은 분명 그가 가져온 불씨를 피우는 나무 도구를 말하고 있었다. 라우나는 그녀의 목소리에 담긴 조심스러운 진심을 느꼈다. 그는 더 가까워지고 싶은 마음에 손을 뻗어 샤니의 등과 가슴을 쓰다듬으려 했다. 샤니가 단호히 그의 손을 막았다.

"안 돼. 우리는 달라. 서로 다른 종족이야."

샤니는 바닥에 놓인 돌을 살피더니 무른 돌을 집어 바위 위에 그림을 그렸다. 두 존재가 서로를 마주 보고 서 있는 단순한 형체였다. 라우나는 그 그림을 손끝으로 천천히 더듬었다. 그때 샤니가 자신을 보여주려는 듯 천천히 옷을 벗었다.

"이건 너. 저것은 나."

라우나는 마음 한켠이 불안했다. 아까 그녀 뒤를 따라온 그림자가 자꾸 떠올랐다. 라우나가 건너편 호수를 가리켰다.

"너를 따라다니는 그림자가 있어."

그가 조심스레 말하자, 샤니는 고개를 저었다.

"아니야. 그럴 리 없어."

샤니가 일렬로 놓인 주먹도끼와 돌도끼를 살펴보다 그녀의 살결이 스쳤다. 라우나는 묘한 떨림을 느꼈다. 그는 미소 지으며 가죽옷을 벗었다.

그때 골격이 뚜렷하고 키가 큰 쑤와가 들어왔다. 샤니의 뽀얀 등과 허리를 보더니 기가 막힌다는 듯 소리쳤다.

"털 한 올 없는 동물이라니⋯."

샤니가 황급히 아랫도리를 가렸다. 쑤와가 기웃대며 그녀의 벗은 몸을 살폈다. 라우나는 좋은 분위기를 망쳐버린 쑤와에게 화가 치밀었다. 더구나 쑤와는 샤니를 노골적으로 모욕하고 있었다. 그는 쑤와에게 당장 나가라고 외쳤다. 그러나 쑤와는 옷을 주워 입는 샤니의 가죽옷을 빼앗았다.

"이 암컷은 몸에 털이 없으니 쓸데없는 수고를 할 필요가 없어. 맛나게 생겼잖아."

136

샤니가 얼굴을 붉히며 쑤와를 노려보았다. 그녀는 자그마한 체구를 놀려 단번에 자신의 옷을 뺏었다. 그녀가 옷에서 무언가를 꺼내는 순간, 쑤와가 다시 달려들었다. 샤니가 팔을 휘두르자 쑤와의 팔이 스쳤고, 붉은 피가 두어 방울 떨어졌다. 라우나는 쑤와의 어깨를 거칠게 붙잡아 밖으로 밀어냈다.

라우나는 샤니의 손에 들린 것이 무엇인지 궁금했다. 손을 내밀자, 그녀의 손바닥에서 검은 유리가 반들거렸다. 주먹도끼보다 가볍고 날카로웠다. 샤니를 처음 보았을 때 손에 쥐고 있었던 그것이었다.

"흑요석."

샤니가 말했다.

라우나는 그것을 불빛에 비춰보며 손에 단단히 쥐었다. 날카로운 유리가 살갗을 벴다. 이 흑요석을 가진다면 자신도 더 강해질 수 있으리라. 막연한 힘이 솟는 듯했다. 샤니의 씨족들은 얼마나 더 좋은 무기를 가지고 있을까. 호기심이 그의 가슴을 뒤흔들었다.

라우나가 잠에서 깨어났다. 이미 밖은 환했다. 분명 그의 막집에서 샤니를 끌어안고 잠들었는데 그녀가 보이지 않았다. 새벽녘에 잠들면서도 그녀의 알아들을 듯 모를 듯한 말을 듣긴 했다. 막집 안을 둘러보니 불 피우는 나무대와 막대, 주먹도끼와 돌도끼, 간석기들 모두 그대로였다. 샤니를 따라다니던 그림자들이 떠올랐지만, 어젯밤 그가 마지막으로 본 이는 어머니 슈앙이었다. 그녀는 라우나를 보더니 막집 안으로 들어가라는 손짓을 한 뒤 동굴로 사라졌었다.

라우나가 창을 들고 막집 주위를 둘러보는데 소란스러웠다. 불길한 기운을 느끼며 창을 들고 살폈다. 이상한 예감에 동굴 쪽으로 달려가자, 씨족들이 동굴 앞에 모여 웅성거리고 있었다. 장작더미 앞에는 오랜만에 모습을 보인 씨족장과 그의 딸 쑤와가 서 있었다.

씨족들은 쑤와의 지시에 따라 장작더미를 쌓고 있었고, 한쪽에서는 젊은 남자가 코뿔소의 고기를 불에 굽고 있었다. 그 옆 장작 위에는 자루를 뒤집어쓴 작은 체구의 사람이 몸부림치고 있었다. 맨살의 일부가 드러난 것으로 보아 옷도 제대로 입지 못한 상태였고, 비명을 지르지 못하는 걸 보면 입에는 재갈이 물린 듯했다. 옆에는 불꽃이 혀를 날름거리며 고기를 태우고 있고 짐승의 살갗이 지글거리며 향긋한 냄새를 풍겼다. 라우나의 씨족들은 리듬을 타며 나무를 손바닥으로 두드리고 있었다. 라우나가 그 광경을 보며 지나갔다.

샤니는 어디로 간 걸까? 나무에 묶여 버둥대는 맨살 인간을 바라보며 그는 생각했다. 그림자처럼 따라다니는 그녀의 형제가 데려간 것일지도 몰랐다. 사람을 묶어놓은 장작에 불길이 옮겨 붙으려는 순간, 라우나는 묘한 낯익음을 느꼈다. 그때 어머니 슈앙이 가죽옷을 뒤집어쓴 채 번개 같은 몸놀림으로 장작더미 위로 뛰어올랐다.

그녀는 자루를 뒤집어쓴 인간을 끌어내어 바닥에 굴렸다. 장작에서는 화염이 치솟았다. 라우나가 멀리서 뛰어내린 슈앙과 그녀가 끌어낸 인간을 보았다. 그녀는 다름 아닌 샤니였다.

라우나가 그녀에게 달려가려는 순간, 슈앙은 샤니를 이끌고 아래로 이어진 길로 사라졌다. 샤니를 저렇게 만든 것은 쑤와의 짓일 것이다. 샤니를 따라다니는 형제들이 이 사실을 알게 되면 그들은 더 많은 형제를 데려와 라우나 일행을 공격할 것이었다. 그때, 팔과 다리가 가느다란 맨살 인간 하나가 재빠르게 그의 곁을 스쳐 지나갔다.

라우나가 주먹도끼와 긴 나무창을 챙겼다. 그 순간 새의 깃털을 가슴에 단 샤니의 형제들이 슴베찌르개를 들고 동굴 앞 개울을 뛰어넘더니 그의 동굴 안으로 달려가고 있었다. 라우나도 빠르게 동굴로 향했다. 그의 씨족들은 사냥과 열매를 채집하러 모두 나가고 없을 것이다.

동굴 입구에 들어서자 라우나는 어수선한 분위기를 느꼈다. 누군가 이미 들어와 있었다. 그는 벽을 짚고 한 걸음씩 안으로 다가갔다. 그곳에 맨살 인간들이 있었다. 목에 새 깃털을 단 것을 보니 샤니의 형제들이었다. 그들은 동굴 안쪽 구석에 쌓인 가죽옷을 챙기고 있었다. 라우나는 비스듬하게 세워둔 나무창을 들고 다가가 키 작은 샤니 형제의 목을 위협했다. 키 작은 맨살 인간과 호리호리한 인간이 깜짝 놀라며 라우나를 바라봤다.

라우나는 가죽옷을 제자리에 두라고 소리쳤다. 그러나 호리호리한 맨살 인간이 바닥에서 슴베찌르개를 재빨리 집어들었다.

그때 키 작은 샤니 형제가 손짓으로 라우나에게 말을 걸었다. 털은 없지만 어깨와 팔이 매우 발달한 체격이었다. 그는 손가락으로 나무대와 막대기를 그렸다. 라우나는 그것이 '불을 지피는 나무 기구를 내놓으라'는 뜻임을 알아챘다. 그는 잠시 고민한 뒤 가죽옷을 제자리로 돌려놓으라는 뜻으로 원래 두었던 곳을 가리켰다. 서로 눈을 맞추고 손짓으로 의사를 전하는 것이야말로 가장 빠른 대화 방식이라는 걸 그는 점점 깨닫고 있었다.

라우나는 동굴 오른쪽으로 열 걸음쯤 걸어가 좁은 바위틈에 숨겨두었던 나무대와 막대기를 꺼내왔다.

'이걸 말하는 거지?'

그는 두 손바닥으로 막대를 비비는 흉내를 내며 일부러 서툴게, 모르겠다는 표정을 지어보였다.

어깨가 넓고 늠름한 샤니의 형제가 앞으로 나섰다. 동굴을 둘러본 그는 낙엽을 한 움큼 집어들고 와 막대를 구멍에 끼워 돌리기 시작했다. 라우나는 숨을 죽이고 그 광경을 지켜보았다. 막대를 돌리는 속도가 점점 빨라지고, 손바닥에서 열이 일어난다 싶더니 마침내 구멍 속에서 붉은 불씨가 피었다. 작고 환한 점 하나가 어둠 속에서 살아났다. 샤니의 형제가 불씨를 낙엽에 갖다대자 불길이 화르르 타올랐다. 라우나는 감탄에 겨워 손뼉을 쳤다.

그가 감사의 뜻으로 가죽옷 두 벌을 내밀었다. 그러나 샤니의 형제들은 손바닥을 활짝 펴보이며 다섯 벌 모두를 요구했다. 그가 잠시 생각하더니 나무대와 막대를 내놓으며 동굴 입구를 가리켰다. 그들은 라우나의 거절이 믿을 수 없다는 듯 두 손바닥을 양옆으로 뻗으며 어깨를 움찔했다.

"밤은 너무 추워. 우리가 겨울을 버티려면 더 많은 가죽이 필요해. 저것을 모두 우리에게 줘."

그들은 맨 살갗을 두드리며 손짓하더니 두 손을 모았다.

라우나는 단호히 고개를 저었다. 그 역시 원하는 것을 말하고 싶었지만, 어떻게 대화를 이어가야 할지 막막했다.

잠시 후, 샤니의 형제들은 붙씨 도구를 챙겨들고 동굴 밖으로 사라져버렸다. 라우나는 그들이 가죽옷을 포기하지 않을 것이라는 불길한 예감을 떨칠 수 없었다.

그는 가죽옷을 천장 아래 깊숙한 틈으로 밀어넣고, 주먹도끼와 돌도끼, 나무창까지 모두 숨겨놓았다.

밖으로 나온 라우나는 자신의 채석장을 둘러보았다. 돌을 다듬던 간석기와 단단한 망칫돌, 나열한 주먹도끼 수십 개도 그대로였다. 샤니 형제들이 다녀간 흔적은 보이지 않았다.

언덕 아래 자갈밭에 다다랐을 때, 그는 충격적인 장면을 보았다. 샤니의 키 큰 형제가 머리칼이 나풀거리는 쑤와의 머래채를 잡아가고 있었다.

"샤니를 그림자처럼 따라다니던 형제가 말했어. 저 암컷 원숭이가 샤니를 묶어 죽이려 했다고!"

그녀의 키 큰 형제가 분노로 목청을 높였다.

"샤니는 우리의 여왕이 될 여자야. 쑤와가 그녀를 장작더미에 얹고 불을 붙였다고!"

키 큰 맨살 남자가 소리쳤다. 라우나는 쑤와를 끌고 가는 남자의 급소를 강타했다. 샤니의 형제가 피를 흘리고 쓰러졌다. 너무 빠르게 일어난 일이었다. 라우나가 그를 업고 자신의 채석장으로 데려가 물을 입에 적셔보았으나, 그는 아무런 반응이 없었다.

라우나가 허리에 식물 줄기를 두르고 돌칼 두 개를 꽂았다. 방금 벌어진 일은 이미 맨살 남자의 눈에 비쳤을 것이고, 그는 곧 자신의 부족에게로 달려가 알릴 것이다. 라우나는 양손에 나무창을 쥐고 샤니와 어머니 슈앙을 찾기 위해 동굴 언덕 아래 강가로 뛰어갔다.

그곳에는 이미 어머니 슈앙과 어린 진첸이 샤니의 형제들에게 묶여 끌려가고 있었다. 슈앙의 모습이 눈에 들어오자 라우나는 피가 거꾸로 솟았다. 그는 재빨리 달려가 두 사람을 풀어주자, 근육질의 키 작은 형제가 라우나에게 슴베찌르개를 들이댔다. 라우나는 날렵하게 창을 던져 어린 진첸을 붙잡고 있던 남자를 쓰러뜨렸다. 곧이어 샤니의 키 큰 형제가 창을 던졌고, 라우나는 몸을 숙여 공격을 피했다. 칼날이 다시 그를 향했을 때, 그는 몸을 굴러 재빨리 비켰다.

그 순간 어린 진첸은 도망가고 있었고, 슈앙은 샤니의 형제에게 등에 칼을 맞고 쓰러졌다. 라우나가 슈앙을 죽인 남자에게 돌칼을 던졌다. 남자는 목에서 피를 뿜으며 쓰러졌다. 이번에는 돌이 날아와 라우나의 머릴를 강타했다. 쑤와와 진첸이 다가와 라우나를 흔들었다. 잠시 후 그는 그들이 달아나는 발소리를 들으며 눈을 감았다.

라우나는 목이 말랐다. 흐르는 강물에 얼굴을 비쳤을 때, 그의 가슴이 뜨끔했다. 맨살 샤니의 얼굴이 떠올랐기 때문이다. 라우나는 샤니의 형제들을 죽였다. 그들은 불을 피우는 법을 가르쳐준 사람들이었다. 몸에 털이 없어 가죽옷을 얻고 싶어했던 이들이었다. 샤니는 어디에 있을까. 밤이 되자 라우나는 늑대처럼 울부짖었다.

라우나의 씨족들은 맨살 인간들이 쳐들어올 것을 대비해야 했다. 살아남은 열두 명은 길고 날카로운 돌칼을 수십 개 나르고 나무창도 잘 다듬었다. 그의 씨족들은 어머니와 형제들을 잃은 슬픔과 분노를 가라앉힐 기미가 없었다. 라우나는 샤니의 형제들이 왜 슈앙과 그의 가족을 공격했는지 그 이유에 대해 생각해보아야 한다고 느꼈다.

당장 더 시급한 문제가 있었다. 씨족의 식량이 바닥나고 있었다. 나무 열매도 씨앗도 떨어졌고, 산과 들의 나무는 잎을 모두 잃어 동물들이 숨을 곳도 없었다. 사냥은 번번이 실패했다.

쑤와가 샤니 형제들의 시체를 먹는 건 어때, 하고 제안했다. 라우나가 무슨 소리냐며 버럭 소리를 질렀다. 그의 씨족들은 그가 미쳤다고 생각했는지 더 말을 걸지 않았다.

바람이 거세게 불었다. 쑤와의 아버지가 잡은 것은 뱀이었다. 그가 뱀을 불에 구워 먹기 위해 자루를 풀다 그만 독사에 물려 입에 거품을 물더니 얼마 안 가 죽어버렸다. 씨족장이 죽는다면 그 자리는 쑤와의 몫이 될 것이다. 그녀의 어린 아들 진첸은 라우나를 따라 사냥을 배우기 시작했다.

달이 보이지 않는 밤이었다. 어둠이 깊어져 불씨가 사그라들 즈음 라우나가 하품했다. 이제 그들은 불씨를 지키기 위해 밤을 새울 필요가 없었다. 그가 잠에 막 들었을 때, 동굴 밖에서 연기와 물건이 부서지는 소리가 들렸다. 라우나는 벌떡 일어나 동료들을 지나 밖으로 뛰어나갔다.

맨살의 여자가 독수리 머리를 쓰고 창을 들고 지휘했다. 목에는 공작새 깃털이 달려 있었다. 라우나의 씨족은 하나둘씩 잡혀갔다. 힘이 좋은 라우나조차 저항할 수 없었다.

그가 맨살의 여왕을 바라보며 말하고 싶었다.

'우리는 싸울 필요가 없어요. 필요한 것을 서로 나누면 돼요.'

라우나는 어떻게 표현해야 할지 막막했다. 그는 왼손과 오른손을 교환하는 듯한 몸짓을 해보였다.

그러나 맨살 여왕은 라우나가 샤니의 남자 형제들을 죽였다고 말하고 있었다. 라우나가 어쩔 수 없이 돌칼과 나무창을 내놓으

144

며 여왕 앞에 엎드렸다.

"잘못했습니다."

그는 붙잡힌 씨족들을 살리고 싶었다. 여왕이 광적인 비명을
질렀다.

샤니의 씨족들은 슴베찌르개를 공중으로 뻗으며 소리를 질렀다.

"그들에게는 가죽옷이 많아요. 무기를 뺏어야 해요. 힘든 일은
원숭이 인간에게 시키면 돼요."

샤니의 씨족들이 원숭이 인간을 죽여야 한다며 여왕에게 우격
다짐으로 몰아붙였다.

"원숭이 인간들을 죽여야 해! 그들의 가죽옷을 빼앗아야 한
다!"

여왕은 생각해보겠다고 말했다. 그때 샤니가 나타났다. 사슴
뿔 같은 장식을 머리에 얹고, 깃털 목걸이를 두른 그녀는 사뿐한
걸음으로 앞으로 나왔다. 하얀 팔과 긴 다리가 희게 빛났다.

샤니가 조용히 말했다.

"다른 부족이라고 해서 서로 죽이는 건… 인간이 할 짓이 아니
야."

여왕의 얼굴이 분노로 일그러졌다. 그녀는 라우나를 감옥에
가두라고 명령했다. 손발이 묶인 그가 끌려나가자 샤니가 눈물
로 하소연했다.

"오빠와 삼촌이 죽은 건 서로의 오해에서 비롯된 일이야."

라우나는 어두컴컴한 굴에 갇혀 있었다. 벽 한쪽에 작은 홈이 파인 곳이었다. 그는 몸을 일으켜 그 위에 올라서보니, 발 아래는 끝이 보이지 않는 절벽이었다. 사흘 동안 그는 물 한 모금도 마시지 못했다. 다만 전날 비가 들이쳤을 때, 입을 벌려 빗방울을 혀 끝으로 받아먹은 것이 전부였다.

어둠이 내리고 차가운 돌바닥에 몸을 누이면 샤니가 떠올랐다. 목숨을 걸고 그녀를 장작더미에서 구해준 어머니 슈앙도, 그를 아버지처럼 따랐던 진첸도 떠올랐다.

라우나의 씨족들은 살아남기 위해 전쟁을 반복해왔다. 서로를 죽여 상대방을 없애야만 생존할 수 있는 경우가 많았다. 그는 사람을 죽이지 않겠다고 맹세했지만, 샤니 형제가 어머니 슈앙을 죽이는 모습을 보자 그들을 죽이고 말았다.

돌바닥에 고인 빗물 속에 그의 얼굴이 흔들렸다. 그는 샤니의 형제를 죽인 자였다. 이 굴을 벗어난다 해도 그가 다시 누군가를 해치게 될 것이라는 두려움이, 그의 가슴 속에서 자라났다.

그때 창을 든 맨살 여자가 나타나 그의 손발을 묶었다. 라우나는 그녀의 손에 이끌려서 여왕 앞에 엎드렸다.

"우리는… 이곳을 떠나겠어요."

샤니가 목놓아 울며 여왕에게 말했다.

"그를 살려주세요. 이곳을 떠나겠어요. 그러니 제발 그를 살려주세요."

여왕은 냉정하게 대답했다.

"다시는 내 눈앞에 나타나지 마라."

여왕의 눈짓이 떨어지자, 돌칼을 든 맨살 여자가 라우나의 다리를 사정없이 찍었다. 피가 튀었고, 그는 그 자리에서 기절했다. 샤니는 그의 잘린 다리를 넝쿨로 묶어 피를 멈추게 했다. 마른 낙엽을 찢어 상처에 눌러붙이고는, 그가 고통 속에서 의식을 잃을 때마다 그의 곁을 지켰다. 샤니는 떨어진 나뭇가지를 주워와 돌칼로 다듬어 새 다리를 만들어주었다.

"볼일 볼 때 겨드랑이에 끼우면 다리처럼 쓸 수 있어."

오랜만에 둘은 작은 웃음을 나눴다. 샤니는 라우나가 겨드랑이에 나무를 끼우도록 도왔다. 수많은 산과 들을 지나, 바위 아래로 물이 흐르는 곳에 도착해 잠시 쉬기로 했다.

샤니와 라우나는 썰매에 나무다리와 먹을 것, 몇 가지 므기를 싣고 샤니의 씨족들이 결크 드나들지 않는 오지로 걸음을 옮겼다. 여러 산과 들을 지나 바위 아래로 물이 흐르는 아늑한 곳에 도착했다. 샤니가 불을 지피려했으나 발화 도구가 보이지 않았다. 그녀가 당혹스러워하며 짐을 뒤질 때, 라우나는 돌도끼와 단단한 망칫돌을 꺼내 부딪쳤다. 탁! 여섯 번째 맞부딪침에 작은 불꽃이 낙엽에 붙었다. 불이 일자, 그의 얼굴에도 오래 묵은 기쁨이 번졌다.

샤니는 지쳐 잠들어 있었고, 라우나는 그 모습을 바라보며 생각에 잠겼다. 그녀의 오빠와 삼촌, 가족들은 모두 죽었다.

라우나의 혈육 또한 하나도 남지 않았다. 만약 그날 호수를 돌아 그녀에게 다가가지 않았더라면 모든 일은 일어나지 않았을지도 모른다. 그러나 이제 그들도 언젠가는 사라질 것이었다.

샤니가 먹을 것을 구하러 밖으로 나가자, 라우나가 동굴 벽을 바라보았다. 샤니가 무른 돌로 별을 그리던 모습이 떠올랐다. 그는 죽음과 사냥, 인간과 짐승이 서로에게 남긴 상처까지 모두 그림으로 남기고 싶었다. 살아가는 모습도, 죽어가는 모습도 그리고 싶었다.

동굴 입구에 누군가가 어른거렸다. 맨살 인간 두 명이 추위에 떨며 조심스레 들어오고 있었다. 여자의 긴 머리카락은 말라 갈라졌고 낡은 가죽옷은 찢어진 상태였다. 그들의 손에는 창이 들려 있었다. 얼마나 걸었는지 다부지고 키가 작은 남자와 몸이 마른 여자는 피로와 허기로 쓰러질 듯 창백한 얼굴이었다.

턱에 수염이 난 라우나가 미소 지으며 손짓했다.

"여기 물이 있어요. 마시고… 좀 쉬었다 가요."

남자가 고개 숙이며 물을 마셨다. 검은 머리칼에 갈색 눈동자를 가진 여자는 다리를 다쳤는지 한쪽 다리를 끌며 천천히 다가와 물을 마셨다. 라우나가 마른 열매를 꺼내 그들에게 건넸다. 그들이 추위에 떨자, 라우나가 돌도끼와 망칫돌을 부딪쳤다. 대여섯 번 돌이 깨질 듯 격렬하게 부딪치자 불씨가 번쩍 일어나 낙엽 위에서 번졌다. 라우나는 대단한 사람이 된 듯 환하게 미소 지었다. 남녀가 다가와 얼었던 손을 녹였다. 여자가 가죽옷을 여미며 입을 열었다.

"몸이 얼 것 같더라그요. 눈 속을 힘들게 걸어오다가….'"

그녀는 목이 막히는지 말을 제대로 잇지 못했다. 라우나는 그녀의 말을 완전히 이해할 수는 없었지만, 오래 전에 겪은 기억이 통증처럼 되살아났다. 북쪽으로 이동하던 어느 여름 그는 아내와 아기를 잃었었다. 코가 크고 자그마한 체격의 남자는 라우나의 튀어나온 눈두덩이와 광대뼈와 좁은 이마를 쳐다보다 그의 잘린 다리를 한참 쳐다보았다.

마른 여자는 지친 숨을 몰아쉬다 바닥에 쓰러져 잠이 들었다. 라우나는 동굴 벽에 몸을 기대고 눈을 감은 채 가쁜 숨만 내쉬고 있었다. 고요가 이어졌다. 다부진 체격의 남자는 잠들지 않았다. 그는 라우나의 곁에 놓인 창과 돌도끼를 번갈아 바라보았다. 살금살금 몸을 일으켜 라우나 옆으로 손을 뻗어 창 자루를 잡았다. 눈을 감고 있던 라우나가 눈을 떴다.

키가 작고 몸이 다부진 남자가 창을 높이 들더니 순식간에 라우나를 향해 내리쳤다. 라우나는 몸을 옆으로 굽혀 공격을 피했지만, 창끝이 팔에 스치며 깊은 상처가 났다. 피가 흘러내렸다. 남자는 다시 창을 들었다. 이번에는 라우나의 가슴을 향해 창을 찌르려고 했으나 라우나가 번개처럼 몸을 낮춰 피했다. 그 순간 잠에서 깨어난 여자가 조용히 움직이기 시작했다. 남자의 창이 다시 라우나의 등을 향해 내리찍으려는 순간 마른 여자가 망설임 없이 돌칼을 집어들었다. 그녀는 자신과 함께 온 남자의 등에 날카로운 돌칼을 힘껏 내리꽂았다. 남자는 짧은 비명과 함께 바닥에 나뒹굴 듯 주저앉았다.

타닥타닥, 불씨가 사그라들고 있었다. 밖에서는 매서운 바람 소리가 났다. 두터운 가죽옷을 걸친 샤니가 나뭇가지 한 아름과 갓 잡은 토끼를 들고 동굴로 들어섰다.

그녀는 피가 번진 라우나의 팔을 보았다. 얼굴이 하얗게 질리며 그의 곁으로 급히 달려갔다. 라우나가 괜찮다는 듯 미소를 지었다. 샤니는 돌칼을 내려놓는 마른 여자와 피투성이가 된 맨살 인간을 안타까운 눈으로 바라보았다.

화살을 쏜 것은 실수였어요!

화살을 쏜 것은 실수였어요!

붉고 노란 꽃들이 어둠을 끌어안고 샤를을 놀리는 듯했다. 남편 얼굴이 꽃송이들 사이로 어른거린다. 막집 안은 숨을 죽인 듯 고요하다. 씨족들이 결혼을 축하하며 던져준 꽃들은 은은한 향기를 피워올린다. 푸하는 어디에 있는 걸까. 샤를은 더는 멍하니 기다릴 수 없다. 그녀는 일어나 조개 목걸이와 화관을 벗고 발찌도 풀어 풀이불 옆에 가지런히 놓는다. 바위 구덩이에서 조리박에 물을 뜬다. 흰가루로 화장한 얼굴을 물로 씻어내며 오늘이 비로소 혼례날이라는 사실을 실감한다.

남녀가 새 가정을 꾸릴 때 부모가 움집을 지어주는 것이 씨족의 관습이었다. 샤를은 일찍 부모를 잃었으므로 푸하와 함께 직접 막집을 지어야 했다. 집의 뼈대를 만들기 위해 푸하가 뒷산에 올라 도끼로 나무둥치를 찍었다. 샤를이 옆에서 나무를 밀어주었으나 큰 나무는 쉽게 쓰러지지 않았다. 잠시 고개를 들어 하늘을 본 푸하의 얼굴에 햇빛이 빛났다. 샤를은 새 보금자리를 짓는다는 생각에 가슴이 뭉클해졌다. 그녀는 물을 떠와 그에게 건넸다.

집을 덮을 갈대를 구하기 위해 샤를이 강가로 갔다. 그녀가 팔을 휘두를 때마다 갈대는 바람과 반대쪽으로 몸을 기울였다. 갈대를 묶어 여러 번 등짐을 져서 실어 나르다보니 어느새 어둠이 깔렸다.

푸하와 함께 갈대를 엮어 집을 덮어야 했지만, 그는 보이지 않았다. 저녁을 먹은 뒤 늘 가던 계곡으로 몸을 씻으러 간 듯했다. 샤를은 혼자 갈대를 펼쳐 뼈대 위에 덮어보려 했지만, 엮은 갈대는 금세 바닥으로 떨어지고 말았다.

결국 그녀는 불을 피우고 바닥에 누웠다. 풀솜을 깔았지만, 냉기는 여전했다. 이른 봄바람이 거세게 불었다. 샤를은 푸하를 찾으러가다 거대한 나무뿌리의 동굴을 보았다. 그곳은 늙은 씨족장이 신에게 제사를 지내는 곳이었다. 샤를은 어릴 때부터 씨족장의 수발을 자주 들었고 씨족장이 좋아하는 영험한 나뭇가지와 물을 가져다주곤 했다. 동굴 안에는 알 수 없는 향이 피어올랐다. 저녁상을 물리던 씨족장은 샤를을 반갑게 맞았다. 그녀의 풀옷 옷차림을 보더니 다음에는 겨울에 입을 가죽옷을 주겠다고 했다.

샤를이 씨족장과 함께 제단 앞에서 엎드려 기도했다. 그녀가 일어서자 씨족장이 신전 한가운데서 두 팔을 들어올리며 따라해보라고 했다. 샤를도 두 팔을 천천히 올렸다.

"마음을 완전히 비우고 손끝에 집중해봐."

순간 샤를은 마치 나뭇가지에 앉은 새처럼 가벼워졌다.

"몸을 자유롭게 움직여. 헤엄치다 공중으로 튀어오르는 큰 물고기를 생각해. 그렇게 움직이면 어둠에서 벗어날 수 있어. 돌고래처럼 춤을 출 수 있는 거야."

그때 씨족장의 늙은 아내가 동굴로 들어왔다. 나가라는 씨족장의 말에도 그녀는 물러서지 않았다.

"지금은 기도 중이오. 나무의 신이 땅 속 뿌리에서 양분을 끌어올리듯, 사람도 내면의 힘을 깨워야 해. 그러려면 어둠을 풀어내야 한다네."

씨족장의 설명에 아내는 쏘아붙였다.

"미친 듯이 추는 춤. 그것도 옷을 벗고."

그가 버럭 화를 냈다.

"이건 영혼의 춤이오! 인간은 자신을 얽어매는 어둠을 벗어내야 강해지는 법이오. 어서 나가시오!"

씨족장이 동굴 입구를 가리켰다. 아내는 샤를을 매섭게 노려보며 동굴을 나갔다. 샤를은 그 시선이 두려웠다. 씨족장이 그녀에게 말했다.

"신경쓰지 마. 넌 여려서 사악한 것들에게 마음을 빼앗기기 쉬워. 그게 문제지."

이튿날 스무 명 이상의 씨족들이 모였다. 씨족장의 아내가 마련한 자리였다. 그녀가 샤를에게 푸하와 가족을 만들어주겠다며 나섰다. 그러자 씨족장이 샤를을 짧게 흘겨보며 반대했다.

"녀석은 오래된 나무를 파서 통통배를 만들더니 사고를 쳤어. 바다 건너 쓰시마국에 다녀온 뒤로 달라졌다고."

그는 목소리를 높였다.

"그게 다, 당신이 그 배에 녀석을 태웠기 때문이야!"

그러나 씨족장의 아내는 가뭄으로 나무가 말라죽고 짐승들까지 사라졌다고 하소연했다. 무엇보다 농사가 걱정된다고 말했다.

"이럴 때는 젊은 남녀가 초야를 치르면 비가 와요."

그녀가 우기자, 늙은 씨족들이 고개를 끄덕였다. 샤를은 씨족장 아내에게 불려가 시키는 대로 목욕을 했다. 얼굴에 하얀 조갯가루로 예쁘게 칠했고 머리카락을 나무줄기 끈으로 묶었다. 드러난 젖가슴 위에는 씨족장 아내가 조개 목걸이를 걸어주었다. 그 모습을 본 푸하가 눈웃음을 흘렸다. 남편이 될 푸하에게도 그녀는 얼굴과 가슴에 가로세로의 무늬를 그려주었다. 샤를에게는 완전히 다른 세상이 펼쳐질 것 같았다.

샤를은 푸하와 함께 암수 나무가 엮인 키 큰 나무를 향해 절을 올렸다. 씨족들이 환호성을 질렀다. 제사장인 씨족장 앞으로 그의 아내와 딸이 섰다. 그들을 시작으로 씨족원들이 대열을 이뤘다. 씨족장이 팔을 좌우로 놀리며 두 발을 빠르게 내디뎠다.

두둥 두두둥!

사람들은 엉덩이와 발바닥을 지그재그로 놀리며 몸을 흔들었다. 부족원들이 북소리 장단에 맞춰 어깨와 발을 하나로 움직이며 춤을 췄다. 북소리가 혈관을 타고 온몸으로 흘렀다. 하늘과 땅은 북소리로 채워졌다. 인간 세상은 태초에 북소리의 진동으로 인해 생명이 탄생한 것만 같았다. 씨족들은 모두 거대한 수레바퀴처럼 출렁였다. 이제 샤를은 혼자가 아니었다. 가슴이 뿌듯해졌다. 보름달이 그들을 비춰주었다. 충만한 즐거움이 그녀의 미래를 환하게 밝혀주리라 생각했다.

　나무의 나이테가 아홉 개가 생긴 어느 날이었다. 샤니가 막집 너머 밭에 심겨진 어린 조와 수수의 풀을 뽑고 집으로 돌아오는데 비가 쏟아졌다. 다리가 길고 팔이 가는 젊은 여자가 그녀의 움집 앞에 쓰러져 있었다. 풀옷도 벗겨질 듯 해진 채였다. 비를 맞은 그녀를 아버지가 집으로 데려와 보살펴주었다. 날이 어두워졌는데도 그녀는 돌아가지 않고 샤를의 집에 머물렀다. 새 여자의 등장에 샤를은 미묘한 불안감에 휩싸였다.

　밤이 되자 여자는 아버지의 잠자리 옆으로 기어들었다. 두려움이 그녀 안으로 들어와 자리를 차지한 듯했다. 두 사람은 시간 가는 줄 모르고 말을 주고받았다. 여자는 남쪽의 거칠산국(삼한시대 전후 존재했던 부산 동래 일다 소국)에서 왔다고 말하자 아버지가 답했다.

　"여기는 우시산국(철기문화 보급 이후의 울산 울주, 양산 서창동 일대 소국)이야."

　"내가 있던 곳에는 우불산이라는 산이 있어."

　그녀는 자신의 친부를 차지한 이모에게 쫓겨났다고 했다. 샤를은 아버지를 바라보는 그녀의 눈에서 기대고 싶어하는 강렬한 의지를 보았다. 옆에는 둥글게 주위를 쳐진 타원형 불꽃이 타오르고 있었다. 샤를은 여자에게서 이상한 질투를 느꼈다. 그들의 분위기가 농익었을 때 어린 샤를이 아버지에게 다가갔다. 여자의 눈이 그녀를 노려보았다. 아버지는 이곳에는 대광산이 있는

데 자주 오른다고 자랑했다.

"산에 오르면 포효하는 짐승 같은 바다가 하얀 이빨을 드러내며 거품이 일렁이는 게 보여."

샤를은 무서워 눈을 감았다. 아버지는 대단한 남자인 것처럼 산꼭대기에 오르면 기분이 좋다고 힘주어 말했다. 우불산 여자는 아버지의 도움으로 건강이 좋아졌다. 그녀는 아버지와 몸을 섞었다. 그때부터 여자는 아버지의 옆자리에서 물러나지 않았다. 샤를은 아버지의 온기를 빼앗기고 차가운 곳으로 내쳐진 기분이었다.

날씨가 갑자기 추워지더니 눈이 왔다. 우불산 여자는 어린 샤를에게 눈 속을 걸어가 토끼덫을 설치하라고 시켰다. 가죽 신발이 떨어져 그녀가 걸을 때마다 발가락이 나왔다. 샤를이 늦게 집에 돌아오자, 빨개진 발등이 퉁퉁 부어 있었다. 다음날 우불산 여자는 덫을 설치한 곳에 가서 잡힌 토끼를 꺼내오라고 시켰다. 어린 샤를은 쉽게 돌아오지 못했다. 샤를이 동상에 걸린 채 길을 잃어버려 쓰러졌을 때 그녀의 아빠가 샤를을 끌어안았다. 아버지는 우불산 여자에게 아무 말도 하지 않았다. 다만 화를 지그시 참고 있었다.

밤새 아빠가 샤를 옆에서 몸을 녹여주었다. 그때부터 아빠는 딸이 죽을 뻔한 사실에 우불산 여자를 멀리했다. 잠자리를 빼앗긴 우불산 여자는 이상한 증오심과 박탈감을 담은 눈으로 샤를을 보았다. 아버지는 사소한 일로 여자와 자주 다퉜다. 샤를은 우불산 여자가 아버지에게 혼날 때 이상한 쾌감을 느꼈다. 아버지가 밖으로 나갈 때면 샤를을 데리고 다녔다.

바람이 거세게 불던 날 우불산 여자가 한 씨족에게서 고기를 얻어왔다. 아버지는 불에 구운 고기를 거의 먹지 않았지만, 우불산 여자는 고기가 부드럽고 맛있다며 좋아했다. 바람이 잠잠해지고 샤를이 막 잠에 빠졌을 때였다. 이상한 소리에 잠이 깼다. 아버지는 치타가 사납게 움집 주위를 돌고 있다고 했다. 그가 창을 들고 밖으로 나갔다. 잠시 후 아버지 비명이 들렸다. 씨족들이 무기를 들고 몰려왔을 땐 이미 아버지가 치타에게 죽임을 당한 후였다.

다음날 씨족장이 나타나 씨족 일행들에게 뼈만 남은 아버지의 유골을 땅에 묻어주라고 지시했다. 씨족장이 말했다. 동물의 습격은 어미 치타가 사냥을 나간 사이 씨족들이 어린 치타를 잡아왔기 때문이라고 했다. 씨족장은 서로의 입장을 알았어야 했다며 샤를의 어깨를 쓰다듬어주었다.

푸하가 샤를 아버지의 무덤 위에 돌멩이를 쌓았다. 돌이 둥글게 쌓이자 꼭대기에 새를 꽂은 나뭇가지를 달아주었다. 그가 샤를을 돌아보며 말했다.

"슬퍼하지 마! 너의 아버지는 새가 되어 저 하늘로 날아간 거야. 밤이면 별이 되어 너에게 찾아올 거야."

먹을 것을 얻기 위해 샤를과 우불산 여자는 조개껍데기를 자르거나 구멍을 내어 팔찌와 목걸이를 만들어야 했다. 그것보다 더 힘든 일은 단단한 조개 껍데기를 둥글게 다듬어 씨족장의 표식을 새기는 일이었다. 그것은 쉽지 않았다. 며칠 일하고 나면 손가락이 짓물러졌다. 동그란 조개는 다른 물건과 바꿀 수 있는 좋은 도구가 되었다. 다른 동네에 이것을 주면 갯수에 따라 소금과 그들이 원하는 것을 얻어올 수 있었다. 샤를은 손이 부르트도록 조개껍데기를 다듬어 씨족장 아내에게 주었다. 그 대가로 그녀에게서 얼마간의 곡식을 얻을 수 있었다. 아버지가 떠난 지 한 해가 지나고 있었다. 어린 샤를은 잠이 오는데도 장작을 피워놓고 밤에도 일했다. 우불산 여자는 어딘가에서 먹을 것을 아주 조금만 얻어왔다.

샤를이 눈을 떴을 때 집안에는 아무것도 없었다. 우불산 여자가 둥근 표식의 조개와 장신구와 먹을 것을 모두 가지고 떠나버린 것이었다. 샤를은 적막하고 외로웠다.

푸하는 샤를이 힘들 때마다 친구가 되어주었다. 그녀의 가슴이 봉긋 나오고 처녀티가 나게 되었을 때 두 사람은 처음으로 몸을 섞었다. 샤를은 그의 아이를 많이 낳아 오붓한 가정을 이루고 싶었다.

샤를은 푸하와 결혼식을 치르면서 부족원들과 함께 춤을 추었다. 그녀는 가정을 지키기 위해 어떤 고생도 감수하리라 다짐했다. 하지만 푸하는 이미 다른 곳을 보고 있었다. 씨족장 딸의 가죽 치마 아래로 하얀 다리가 드러났다. 그녀는 풀꽃 화관을 만지며 푸하에게 웃음을 흘렸다. 봉긋한 젖가슴 위로 긴 머리카락이 흘러내렸다. 씨족장은 걱정스러운 표정으로 샤를을 보았다. 그녀는 알 수 없는 불안감으로 흥분했다. 샤를은 씨족들이 건네주는 술을 일일이 받아마셨기 때문이라고 생각했다. 그녀가 정신을 차렸을 때 축하꽃을 건네주던 사람들은 모두 움막집으로 돌아가고 없었다. 샤를은 꽃을 하나하나 주워 가슴에 안았다. 꽃들은 그들이 부부가 되었음을 기억하며, 두 사람을 이어주리라.

집 안에는 빨간 수수와 조, 씨족들이 결혼을 축하하며 가져온 곡식이 놓여 있다. 샤를이 그것들을 바라보며 막집을 나간다. 골짜기로 걸음을 옮기다 샤를의 발끝이 뾰족한 것을 밟았다. 진주처럼 빛나는 귀걸이다. 씨족장 딸이 다녀갔다는 뜻일까. 가난한 샤를은 작은 장신구조차 없었다.

지난 계절, 푸하는 거대한 나무로 배 만드는 일을 도왔다. 나무속을 불로 그을려 숯을 만들고 조금씩 긁어내며, 배의 앞부분을 날렵하게 다듬었다. 그는 성인으로서 남쪽 나라로 떠날 준비를 했다. 씨족원들은 배에 실을 물건을 준비했다. 조개 껍데기에 구멍을 내거나 예쁘게 손질한 팔찌를 자루에 담았다. 여기는 추운 겨울이지만 사방이 바다로 둘러싸인 마리후麻里布(일본 고대·중세의 지명, 지금의 야마구치현 이와쿠니 지역 명칭)라는 섬나라는 따뜻하다고 했다. 사내들과 통나무에 오른 푸하는 장신구를 배에 싣고 떠났다. 그는 추운 겨울이 물러가고 따뜻한 바람이 불 무렵, 이국의 물건이 든 자루를 가지고 돌아왔다. 여자들은 돌아온 남자들에게 몰려가 자루를 풀고 이상한 물건을 만져보았다. 그것은 주먹보다 작은 검은 유리로 된 돌이었다.

"이게 뭐야?" 씨족장 아내가 물었다.

푸하가 검은 유리를 바위 위에 놓고 단단한 돌로 내려쳤다. 유리는 얇게 깨졌다. 검은 유리는 돌과는 비교도 되지 않을 만큼 가벼웠다. '흑요석'이라고 했다. 그것은 가볍고 날카로워 단번에 많은 것들을 자를 수 있었다. 그는 흑요석으로 뛰어난 능력을 가진 남자가 된 듯했다.

그때부터 그녀는 푸하와 다투기 시작했다. 그는 샤를과 처음 몸을 섞었을 때의 황홀함을 기억하지 못하는 사람처럼 행동했다. 푸하가 한번 화를 내면 마음을 쉽게 풀지 않았다. 어느 날 그는 샤를에게 왜 씨족장 동굴에 갔느냐며 벌컥 화를 냈다. 샤를이 그곳은 웅장한 나무에게 기도하는 곳이라 누구든 들르는 곳이라고 설명했다. 푸하는 며칠 동안 화를 풀지 않았다.

이제는 샤를이 푸하를 의심하고 있다. 부족원들과 함께 춤을 출 때, 씨족장 딸은 푸하에게 요사스러운 웃음을 흘리고 있었다.

샤를이 참을 수 없는 질투를 느끼며 발을 옮긴다. 밤에는 무엇보다 동물들을 조심해야 한다. 그녀는 어둠 속에서 걷는 법을 푸하에게 배웠다. 숲속을 가로질러 달빛에 드러난 길을 따라 걷는다. 아랫동네 계곡에서 푸하를 만날 수 있을 것이다. 그에게 싱그러운 살갗을 느끼게 해주고 싶다.

샤를이 숲을 벗어나 골짜기에 들어서자 물소리가 난다. 달빛 아래 바위가 희뿌옇게 빛난다. 바위틈을 흘러가는 물줄기가 그녀를 감싸듯 소리를 낸다. 샤를은 불씨를 바위 한 켠에 놓아두고, 자갈을 밟으며 웅덩이에 천천히 들어간다. 폭포수는 잠시도 머물지 않고 샤를을 휩쓸고 갈 듯 쏟아진다. 거침없이 흐르는 힘은 거스를 수 없을 만큼 위협적이다. 그 힘에 닭살이 돋는다. 나무 둥치 사이의 숨은 눈이 그녀를 관찰하는 듯 소곤거리는 것만 같다. 샤를이 어둠을 밀어내며 계곡 안쪽으로 발을 딛는다. 두 손으로 물을 떠 얼굴과 가슴을 정성껏 문지른다. 푸하는 분명 그녀를 좋아할 것이다.

샤를이 다시 몸에 물을 끼얹으며 오른손으로 왼팔꿈치를 씻고 있을 때였다. 여자의 웃음소리가 들렸다. 잘못 들은 걸까.

"햐아하우! 햐아하우!"

사람의 입에서 열기를 내뿜는 소리. 남녀가 몸을 뒤섞는 열기다. 샤를이 귀를 기울이자 물소리가 다시 난다. 그녀가 나뭇잎으로 물을 퍼 몸에 끼얹는다. 뜨거운 입김 소리가 다시 들린다. 샤를이 가슴을 움켜쥐고 귀를 쫑긋 세운다. 바위 위쪽이다. 얼른 벗어놓은 풀옷을 걸치고, 몸을 엎드려 넓적한 돌 위로 조심스레 기어오른다.

얼굴을 내민다. 샤를이 흠칫 놀란다. 달빛 아래, 남녀가 서로를 껴안고 있다. 곱슬머리 그림자를 보고 샤를은 확신한다. 푸하다. 상대는 씨족장의 딸. 분노와 질투가 치솟는다. 오늘 종일 불안했던 이유가 이것이었다. 샤를은 달빛을 의식하며 조심스럽게 바위 아래쪽으로 다가간다.

그곳에 무언가 놓여 있다. 날렵한 활에 활줄이 걸려 있다. 옆에는 긴 화살촉 통도 있다. 탄탄한 가죽으로 만들어진 것으로 보아 씨족장 아내의 것이다. 그녀는 매일 새벽, 화살을 쏘았다. 과녁까지 살을 주으러 가는 것은 샤를의 몫이었다. 씨족장 아내가 쏜 살은 대부분 과녁을 벗어났다. 그녀는 귀가 어두워, 살이 과녁을 맞는 소리를 듣지 못했다. 샤를이 맞았다고 하면 그녀는 좋아했다.

"그래. 오늘도 내가 적중한 거야."

씨족장 아내는 다시 활줄을 당기며 눈빛을 번뜩였다. 누군가를 죽이겠다는 일념으로 줄을 탱탱하게 잡은 듯했다.

샤를이 활을 든다. 억누를 수 없는 분노를 가슴에 담고, 살금살금 푸하와 씨족장 딸에게 다가간다. 두 사람은 서로를 바라보며 미소 짓고, 몸을 포갠다. 격렬한 움직임이 불길처럼 타오른다.

샤를이 활줄을 튕겨본다. 탱탱하다. 손가락이 아릴 정도로 힘을 주지만, 그들은 샤를의 존재를 알아차리지 못한다. 활을 다시 잡는다. 활과 활줄을 귀 뒤까지 힘껏 당긴다. 이제 샤를은 활통에서 화살촉을 꺼내 활줄에 끼운다. 분노와 질투만큼 줄을 당긴다. 숨을 고르고, 왼손으로 활을 단단히 잡아 그들을 겨눈다. 오른손가락으로 활줄을 귀 뒤까지 끌어당기자 그녀의 마음은 격렬하게 한 방향으로 흐른다.

샤를은 번번이 다른 여자에게 푸하를 빼앗겼다. 그 허전함을 달래주던 건 늙은 씨족장뿐이었다. 그녀는 나무동굴에서 청소하고 쉬다 잠들었다. 그때 씨족장이 갑작스레 나타나 몸을 씻었다. 씨족장은 샤를을 딸처럼 귀여워했지만, 그의 아내는 샤를의 모든 행동을 예리하게 감시하고 있었다.

푸하에게 안긴 그녀의 황홀한 얼굴이 달빛에 빛난다. 그의 근육질이 후끈하게 씨족장 딸과 뒤섞인다. 샤를은 소용돌이치는 분노에 휘말려 눈앞이 흐려진다. 입술을 깨문다. 샤를이 당기는 활줄이 손가락을 파고든다. 누군가를 집어삼킬 듯한 통증에 그녀는 숨이 멎는 듯하다.

어깨와 팔의 힘을 빼고 활을 살며시 놓는다. 샤를이 마음을 가다듬는다. 심장이 차가워질 때까지 참아야 한다. 얼음처럼 냉정해져야 한다. 그래야 사냥감을 잡을 수 있다. 샤를이 숨을 천천히 들이쉬고 내쉬며 마음을 정돈한다.

그때다. 푸하의 웃는 눈이 샤를과 마주쳤다. 그뿐이다. 그의 눈은 샤를을 알아채지 못한다. 그의 모든 감각은 씨족장 딸의 뽀얀 살결로 향한다. 푸하의 싸늘한 등이 그녀를 바라본다. 샤를을 향한 마음이 이미 식은 것이다. 심장이 요동친다. 참을 수 없는 질투가 그녀를 다시 사로잡는다.

활을 잡은 그녀의 손가락이 떨린다. 샤를이 화살촉 꼬리를 활줄에 끼운다. 달빛에 그의 얼굴이 다시 나타난다. 푸하가 그녀를 쳐다본다. 기쁨으로 황홀해하는 표정이다. 그때다. 활줄에 걸린 화살이 샤를의 손아귀에서 빠져나갔다.

슈웅!

푸하가 숨이 멎는 듯 움찔한다. 샤를은 현기증이 일었다. 화살이 그의 심장을 관통한 것이다. 푸하가 얼굴을 찌푸리며 가슴을 움켜쥔다. 씨족장의 딸이 그의 가슴에 꽂힌 화살을 보고 놀란 눈으로 푸하의 가슴에 손을 댄다. 씨족장 딸은 벌거벗은 몸으로 어쩔 줄 몰라하다 이내 달아난다.

샤를이 조심스레 푸하의 곁으로 다가가 화살을 만진다. 울먹인다.

"실수였어. 이런 결과를 바란 건 아니었어."

푸하는 통증에 신음하며 가슴을 내려다본다. 샤를이 화살을 앞뒤로 흔들며 서서히 뽑는다.

화살이 빠진 자리에서 붉은 피가 흘러나온다. 샤를이 그 부분을 양손으로 꽉 누른다. 푸하는 신음하며 그녀의 손을 잡는다.

샤를은 그를 끌어안고 격분한다. 도리어 자신의 심장이 화살을 맞은 듯 고통스럽다.

"화살촉이 날아가버렸어. 단지 스쳐지나가는 짐승을 겨누던 것뿐인데…. 실수였어! 예상치 못하게 활줄을 벗어나버렸다고."

샤를은 울먹이다 울음을 터뜨린다. 이미 늦었다. 그녀는 두 손으로 아픈 가슴을 토닥이며, 그를 죽일 마음이 없었음을 알아주길 바란다. 푸하는 피가 흐르는 심장 위에 손을 올린다. '네 마음 알아.' 그의 눈빛이 말한다.

잠시 후, 푸하는 고통으로 몸을 떨며 고개를 떨군다. 샤를이 미친 듯 그를 흔들며 소리치지만, 푸하는 움직이지 않는다. 그녀는 퍼질러앉아 울부짖다 기진객진한다. 숲속 골짜기는 정적에 잠기고, 어둠만이 샤를을 에워싼다. 그녀는 푸하와 결혼하였지간, 그녀를 혼자 남겨두고 떠나버렸다.

푸하는 언제나 곁에 있었던 것이 아니었다. 그녀가 그의 웃음과 체온을 떠올리며 곡식을 빻고, 말린 열매를 손끝으로 다듬고 있을 때면, 그는 이미 다른 곳에 가 있었다. 샤를이 갯벌에서 조개와 꽃게, 생선을 한껏 잡아 돌아온 날도 마찬가지였다. 빗살무늬토기에 국물이 끓어오를 때쯤, 그는 아무 일 없었다는 듯 모습을 드러내곤 했다. 샤를은 그의 부재에 익숙해지고 있었다.

그가 등을 돌릴 때마다 그녀를 가장 두렵게 한 건 푸하가 떠나는 순간이 아니라, 그가 떠난 뒤 남겨진 '혼자가 된 자신'이라는 사실이었다.

엊그제 씨족장은 나무동굴 앞에서 샤를을 기다리고 있었다. 그녀를 보자마자 안쓰러운 듯 말했다.

"푸하는 바빠. 너는 네가 하고 싶은 일을 해. 조개로 목걸이를 만들어 걸고 발찌와 팔찌도 예쁘게 하고 다니렴. 샤를! 네가 좋아하는 것들을 하렴."

참았던 눈물이 쏟아지려할 때 씨족장 앞으로 그의 아내가 나타났다. 잠시 후 씨족장은 그녀와 함께 나무동굴로 들어갔다. 흐릿하게 두 사람의 어깨가 보였다.

이제 샤를을 기다리는 것은 허름한 막집이다. 씨족장의 아내는 혼자가 된 샤를을 가만두지 않을 것이다.

멀리 산 너머에서 늑대 울음소리가 난다. 녀석은 허공을 향해 줄기차게 누군가를 부르고 있다. 암컷을 찾는 늑대의 소리인 듯하다.

이대로 막집으로 돌아간다면 씨족장 아내는 그녀에게 죄를 물을 것이다. 씨족을 죽인 죄, 특히 남편과 몸을 섞은 여자를 죽였을 때 씨족장은 가족들이 보는 앞에서 더욱 가혹하게 처벌한다. 그런 이는 두 팔과 다리를 묶인 채 늑대 소굴 앞에 버려진다.

샤를은 이제 씨족장 아내가 자신이 사라지길 바란다고 확신했다. 먹잇감이 되지 않으려면 먼저 사냥꾼이 되어야 한다. 그녀가 먼저 움직여야 한다. 샤를은 씨족장 아내가 늘 그러던 것처럼, 부드럽고 은근한 말로 씨족원들을 하나둘 자신의 편으로 끌어들이는 모습을 마음속에 그린다.

날이 밝으면 샤를은 씨족장에게 활이 씨족장 아내의 것이 분명하다는 것을 밝힐 것이다. 푸하를 겨눈 사람이 누구였는지, 씨족장 딸이 숨겨두었던 활과 화살촉을 꺼내보이며 증명할 것이다.

샤를은 머지않아 부족의 부러움을 받으며 씨족장과 함께 사냥을 나설 것이다. 그녀는 이제 막 태어난 사람처럼 차가우면서도 당당한 표정을 짓는다.

상처의 고고학과 구원의 빛

박대현/ 문학평론가

1. 상처의 지층과 고고학자의 시선

　홍혜문의 소설은 주로 주변부에 머물고 있거나 주변부로 밀려난 인물들을 다룬다. 그의 소설은 주변부적 인물들이 살아가는 현실의 모습을 섬세하게 묘사하는 동시에 현실 속에서 상처받는 개인의 심리를 내밀하게 드러낸다. 소설집『대암의 하늘』의 인물들이 배치된 공간이 도시의 중심부가 아니라, 낙동강변의 둑방길(「비행하는 자전거」), 고속도로의 휴게소의 주방(「해장라면」), 안개가 자주 발생하는 도시 외곽의 한적한 산동네(「안개그물」)인 까닭이다.

　홍혜문의 인물들은 이곳에서 저마다의 결핍과 상실 속에서 근근이 살아간다. 이 인물들이 겪는 결핍과 상실은 유산된 아이(「비행하는 자전거」), 자신을 버린 엄마(「해장라면」), 얼굴조차 모르는 아버지(「안개그물」)로 표상된다. 이러한 결핍과 상실 속

169

에서 홍혜문의 인물들은 만만치 않은 삶의 현실 속에서 악전고투하면서 자신의 실존을 마주한다. 이들은 자신의 상처를 외면하지 않고 상처 속에서 삶의 길을 만들어내는 의지와 신념의 내러티브를 구현한다.

홍혜문은 일상의 상처를 넘어 역사의 상처로까지 작가의 시선을 확장한다. 「대암의 하늘」(부제 몽골 초원에 부는 바람 - 이태준)이 바로 그것인데, 제국주의의 폭력에 맞서 싸운 독립운동가 대암大嵒 이태준(1883~1921)의 삶에 주목하고 있는 것이다. 이 작품은 베이징, 장가구(장자커우), 고비사막, 그리고 몽골의 고륜(울란바토르)으로 이어지는 이태준의 여정을 좇아가면서 일제 식민지 조국의 상처를 온몸으로 껴안은 독립운동가의 서사에 디아스포라의 형상을 부여한다. 이 소설에는 이태준을 중심으로 김규식, 이극로, 김원봉, 헝가리인 마자르 등의 실존 인물들이 배치되어 있으며, 이들의 상호작용을 통해서 조선의 외부에서 벌어지는 독립투쟁사의 한 단락을 입체적으로 그려낸다. 일제강점기의 독립운동가들은 당대의 국제정세 속에서 주변부에 지나지 않았다. 그런 측면에서 홍혜문 소설가가 주목하는 인물의 주변부적 특징은 그의 서사적 관심이 어디를 향해 쏠려 있는지를 짐작케 한다.

홍혜문이 관심을 기울이는 주변부적 인물들은 세계의 폭력에 노출된 공통점을 지닌다는 사실을 강조하고 싶다. 주변과 중앙의 이항대립은 구조적인 폭력의 쌍생아다. 홍혜문의 소설에서는 제국의 식민지배와도 같은 국제적으로 발생하는 거대한 폭력은 물론이고 가부장적 자본주의에 기반한 국가체제가 여성적 주체에게 행사하는 일상의 미시적이고 구조적인 폭력 또한 주변부적 인물의 상처와 고통을 통해서 형상화된다.

작가의 이러한 관심은 폭력의 기원에까지 확장되고 있는데, 「샤니와 라우나」와 「화살을 쏜 것은 실수였어요!」를 통해서 구석기시대의 폭력을 상상적으로 서사화하고 있다. 이 두 작품은 고대사회를 배경으로 하면서 인간을 지배하고 있었던 원초적인 본능과 폭력, 그리고 생존을 위한 투쟁을 그려내고 있다. 무엇보다 이 두 작품의 배경이 영남지방의 소국 '거칠산국'(부산)과 '우시산국'(울산) 일대를 배경으로 한다는 점에서 주변부를 향한 작가의 관심을 확인할 수 있다.

홍혜문의 소설집 『대암의 하늘』은 한국 사회의 주변부 인물들과 일제강점기 독립투쟁에 나섰던 이태준이라는 디아스포라, 그리고 이들에게 강제되었던 폭력과 그로 인한 상처들을 섬세한 문장으로 그려낸다. 작가의 서사적 감각은 세계에 내재한 폭력과 그 폭력의 그늘을 살아가는 인물들의 삶에 초점이 맞춰져 있다.

이 소설집에 수록된 여섯 편의 소설은 한국 사회의 현재 모습과 멀지 않은 과거의 역사, 그리고 인류의 무의식적 심층이라는 할 수 있는 원초적 폭력의 역사까지 아우른다. 홍혜문은 이러한 시공간의 확장을 통해 인간을 억압하는 폭력의 기원을 고고학적으로 추적하는 동시에, 그 속에서도 끝내 삶을 지속해나가는 존재들의 숭고한 의지를 서사화하고 있는 것이다.

2. 안개의 불투명한 현실과 주체의 투명한 길

소설집 『대암의 하늘』에서 세계는 안개로 덮인 불투명한 공간으로 형상화된다. 안개로 인해 한 치 앞도 보이지 않는 시계視界는 우리가 살아가는 막막한 현실을 암시한다. 미래를 알 수 없는 우리는 그저 묵묵히 오늘을 견뎌낼 뿐이다. 그러나 결핍을 지닌 존재는 본능적으로 미래가 더 투명해지기를 갈망한다. 과거가 상처로 얼룩져 있을수록, 앞날만큼은 선명하고 밝기를 바라는 보상심리가 작동하기 때문이다. 하지만 냉혹한 현실은 이러한 소망을 쉽게 허락하지 않는다. 홍혜문의 인물들이 문제적인 이유는 바로 여기에 있다. 그들은 과거의 결핍을 껴안은 채, 여전히 안개로 가득한 현실을 마주한다.

우연찮게 번역일을 하게 된 '강'(「안개그물」)은 'M시의 산동네'로 이사를 온다. 하지만 이튿날부터 난관에 봉착한다. 새벽 5시만 되면 집주인 남자의 드럼과 심벌즈 소리가 들려온다. 새벽잠을 방해하는 소음으로 인해 '강'은 고통을 느끼고 집주인에게 여러 차례 호소하고 부탁한다. 집주인은 가족과 떨어져 사는 '기러기아빠'다. 대기업에서 40년 근무한 엘리트였으나, 현재는 퇴직하고 혼자 사는 상태다.

'부동산 여자'의 말에 따르면, 그는 아내와 아들의 전화를 애타게 기다리는 사람이다. 특히 집 전화를 걸어오는 사람이 없으므로 집 전화가 울리면 반사적으로 아내와 아들의 전화라고 생각한다. 하지만 불행하게도 그는 가족으로부터 철저히 소외되고 버려진 상태다. 부동산 여자의 전언에 따르면 캐나다로 이십 년 넘게 돈을 부쳐줬지만, 아내 쪽에서 먼저 전화 걸어온 적은 단 한 번도 없다. 그렇다면 집주인의 소음은 관계의 단절에서 비롯된 내면의 절규다. 그래서 그가 주로 연주하는 곡이 1980년 MBC대학가요제 대상 수상곡 〈꿈의 대화〉라는 사실은 비극적 아이러니를 유발한다. 음악을 통해 마음을 다스리려 하지만, 그것은 오히려 "무언가에 쫓기는 듯"한 "강박과 불안"의 심리를 노출하는 것이 된다.

이 소설에서 집주인이 가족으로부터 버림받은 존재라면, '나'(강)는 태어나기 전에 이미 아버지로부터 버림받은 존재다. 집주인의 소음은 이 둘의 존재를 매개한다. 결핍의 존재가 소음을 통해 다른 결핍을 마주한다. '나'(강)가 스페인어로 번역하는 기록물은 "지구 반 바퀴를 돌아 칠레까지 와서 가족을 일군 할아버지"가 "사막을 여행하며 남긴 기록"이다. '나'는 번역을 의뢰받은 기록물을 스페인어로 번역하면서 사막을 건너가는 한 인간의 고독과 고통에 감정이입을 한다.

"발이 부르트고 무릎이 꺾이는데도 한 걸음씩 앞으로 나아가며 살아 있음을 확인한다"는 문장을 한국어로 옮기면서, '나'는 '나'를 버린 아버지의 여정을 자연스레 떠올린다. '나'의 아버지는 '나'를 임신한 여인을 두고 멀리 떠났다. 세계 최대의 천문관측소

건설현장에서 돈을 벌어온다는 구실로 칠레의 아타카마 사막으로 떠나버렸다. 그러니까 '나'의 번역작업은 사막을 건너가는 노인의 고독과 고통을 통해 아버지를 마주하는 일이 된다. 그리고 아버지가 어쩌면 머나먼 그곳에서 '나'를 매일 생각했으리라 생각한다.

'나'의 번역작업은 아버지의 고통을 이해하는 과정이다. 번역작업이 거의 마무리되어가는 마감일에 '나'는 아래층 집주인의 죽음을 마주한다. 주인집 남자가 죽은 채 발견된 것이다. 주인집 남자는 아버지로부터 버려진 '나'의 어머니, 그리고 '나'의 모습에 중첩될 뿐만 아니라, 머나먼 타국에서 죽음을 맞이했을지도 모를 '나'의 아버지를 떠올리게 한다. 주인집 남자의 고독사는 '나'의 근원적 결핍에 연루된 상태다. '나'가 번역 원고 제출을 포기하고 곁에 아무도 없는 남자의 마지막을 위해 구급차를 향할 수밖에 없는 까닭이다.

주인집 남자의 거실에 있던 '안개그물' 사진은 매우 상징적이다. 안개그물은 사막의 안개를 모아 식수로 만드는 특수 그물망 시스템이다. 아버지가 떠나간 칠레의 사막과 안개 자욱한 M시의 산동네는 이미지의 대척점에 있다. '나'의 번역일은 이 대척적인 두 공간을 연결하는 행위가 된다. 결국 '나'는 주인집 남자의 시신과 동행함으로써 안개처럼 불투명한 전망 속에서 아버지와 화해 가능한 길을 찾게 된다. 안개의 습기들을 포집하여 맑은 식수를 만들듯이 결핍으로 가득한 '나'의 오랜 내면 속에 아버지를 향한

174

투명한 길을 만들게 된 것이다.

홍혜문의 소설에서 결핍은 어머니를 대상으로도 드러난다. 10대 소녀 '민서'(「해장라면」)가 그러하다. '민서'는 고속도로 J휴게소에서 라면을 끓이는 일을 한다. 고속도로 휴게소는 유동적인 공간이므로, 민서는 마르크 오제가 정의한 비장소non-place에 머무는 존재다. 휴게소는 인간의 관계가 형성되는 정주의 장소가 아니라 일회성과 우연성이 지배하는 유동성流動性의 공간이다. 그래서 민서의 일이 휴게소를 스쳐 지나가는 사람들을 위한 라면 끓이기라는 사실은 대단히 상징적이다. 유동성의 공간에서 유동하는 여행객을 상대하는 민서는 정주할 수 있는 마음의 고향을 잃은 결핍의 상태다.

민서는 엄마로부터 버림받았다. 하지만 민서는 엄마를 만나기 위해서 J휴게소에서 일한다. '」J휴게소는 엄마의 외가가 있던 자리라서 그녀가 여길 지날 때는 일부러 들른다"는 곳이기 때문이다. 민서가 엄마와 만나기 위해 J휴게소에서 일만 그릇의 라면을 끓이는 동안 3개월이 훌쩍 지나갔다. "여자를 기다리는 시간은 암울하고도 고통"(103쪽)스럽다. 결국 민서는 엄마와의 만남을 포기하고 자신의 새로운 꿈(국비 조리전문학교)을 찾아 부산행 고속버스에 오른다.

사실 민서의 욕망이 반영된 엄마는 실재하지 않는다. 민서가 가진 엄마라는 상像은 '오인'에 의한 것이다. 상징계적 주체의 대상 파악은 대부분 오인에 의한다. 주체가 파악한 대상은 그 실재로부터 벗어나게 마련인데, 대상은 주체의 욕망이 반영된 거울이기 때문이다. 이 소설에는 민서가 엄마로 오인했던 "선글라스를 쓴 사십대"(114쪽) 여자와 정말 엄마일지도 모르는 "갸름한 얼굴의 물방울 무늬의 여자"(117쪽)가 등장한다. 하지만 민서는 정작 이 여인들을 불러 세우지 못한다. 이들은 민서의 엄마가 아니거나 민서가 욕망하는 엄마를 비껴가고 있기 때문이다.

결국 민서는 엄마라는 욕망의 환상을 벗겨내고 엄마를 기다렸던 J휴게소를 벗어나 자신의 진정한 삶을 찾는 길을 선택한다. 이것은 민서의 삶을 옭아매었던 엄마라는 욕망의 환상과 그로 인한 결핍으로부터 자유로워지기 위한 실천적 행위라고 할 수 있다. 민서가 떠나기 전 '해장라면'을 주문해서 먹는 장면은, 그래서 인상적이다. 엄마를 찾기 위해 끓여왔던 라면은 자신의 상처(화상)를 지속하는 원인이었지만, 해장라면은 자신의 오랜 상처를 치유한다.

상처와 치유의 서사는 「비행하는 자전거」에서도 반복된다. '나'(주희)는 해외(호주)로 나간 남편과 사실상 별거 중이며, SNS를 통해서만 서로의 안부를 확인한다. 남편이 해외로 나가기 전 '나'는 유산을 했고 유산 직후에 전화를 했음에도 남편은 바쁘다며 전화를 끊을 만큼 관계는 파탄에 이른 상태였다. 그리고 남편은 자신을 두고 호주로 떠난 것이다. 유산의 아픔과 남편의 파견 근무로 인해 큰 상처를 받은 '나'는 자기 치유를 위해 자전거를 타기로 결심한다.

자전거는 '나'에게 단순한 레저가 아니라 훼손된 자아를 회복하는 장치로 기능한다. 이러한 자전거의 상징성은 자전거를 타는 과정에서 조우한 남성 '준영'이 사실은 사고로 인해서 의족을 착용하고 있으며, 준영의 욕망이 신체의 한계를 넘어 하늘을 날고자 하는 데까지 이르렀다는 사실을 통해서 분명해진다. 준영은 의족을 착용한 데서 더 나아가 자전거에 패러글라이딩 장비를 결합한다. 준영에게 자전거는 신체의 장애라는 비극의 질곡을 하늘을 나는 새로운 능력의 원천으로 역전시키는 장치다.

이는 '나'에게도 마찬가지인데, 자전거 타기를 통해서 '나'는 비로소 자신의 주체성을 회복하게 되며 이로써 이혼서류를 남편에게 보내기로 결심하게 된다. 준영처럼, "사력을 다해 나의 시간을 개척"하는 용기를 얻게 된 것이다. 안개에 휩싸인 불투명한 현실 속에서 마침내 주체적 삶의 투명한 길을 내는 행위가 아닐 수 없다.

3. 디아스포라의 역사적 실존과 숭고한 비극

홍혜문은 현대인의 내밀한 상처를 향한 시선을 역사적 공간으로 투시한다. 그 서사적 결과물이 「대암의 하늘」이다. 이 작품은 일제강점기에 의사醫師이면서 독립운동가로 활동했던 실존 인물 대암大岩 이태준을 다룬다. 이 소설은 식민지 현실의 민족적 상처를 치유하고자 했던 이태준의 삶을 통해서 개인의 실존적 고뇌와 역사적 대의大義를 위한 숭고한 결단과 희생의 가치를 조명한다.

　이태준은 1883년 경남 함안 출신으로 세브란스의학교를 졸업한 후 안창호 선생이 만든 '청년학우회'에 가입하여 독립운동을 시작한 인물이다. 1912년에 중국 남경으로 망명하여 '기독회의원'의 의사로 일하다가 처사촌 애국지사 김규식의 권유로 1914년 몽골 후레로 가서 '동의의국'이라는 병원을 개설하여 인술仁術을 실천한다. '화류병'이라 불리며 몽골 전역을 휩쓸던 매독 퇴치에 큰 공을 세웠고 몽골 마지막 황제의 주치의가 되기도 했으며, 1919년에는 황제로부터 '오르데니-인 오치르'('귀중한 금강석'이라는 뜻)라는 최고 훈장을 수여받기도 한다. 그는 의사로서 활동하는 동시에, 모스크바의 자금을 상해임시정부로 전달하는 막중한 임무를 수행한 독립투사였다. 하지만 그는 1921년 2월 일본과 긴밀한 협력 관계에 있는 러시아 백위군 운게른 부대에 의해 피살 당하여 38세라는 이른 나이에 세상을 떠난다('대암 이태준 기념사업회' 홈페이지 참조).

　소설 속 이태준은 의사라는 직업적 소명을 넘어 독립운동가라는 숭고한 민족적 과제를 치열하게 수행하는 인물로 그려진다. 이태준은 몽골의 수도 고륜(울란바토르)에서 '동의의국'을 운영하며 몽골인들에게 '신의神醫'로 추앙받으면서도, 독립자금을 운송하고 의열단 활동을 지원하는 위험한 임무를 수행한다. 홍혜문의 소설은 이태준의 내면을 묘사하면서 영웅적 면모보다는 인간적 고뇌에 주목한다. 혹독한 추위와 모래폭풍 속에서 고비사막을 건너는 여정은 그의 내면적 투쟁을 시각화한 것이다.

조국을 상실한 암울한 현실 속에서 이태준은 정주민이 아니라 디아스포라의 형상일 수밖에 없다. "살아 있는 사람의 위치는 늘 불확실했고 소식은 모래처럼 손에서 빠져나갔다. 준은 더는 피하지 않기로 했다. 조신의 기래를 열려면, 결국 자신의 몸을 내놓아야 한다는 사실이었다."(72쪽) 홍혜문의 이와 같은 서술은 조국을 잃은 당대의 독립투사들의 내면을 적확하게 드러낸다. 경성, 상해, 울란바토로, 모스크바까지 포괄하는 이들의 숨가쁜 여정은 조국을 상실한 디아스포라의 역사적 실존이라고 할 수 있는 것이다.

이 소설에는 독립운동가 김규식, 안창호, 김원봉, 김필순, 이극로 등의 이름이 거명된다. 이들은 모두 조국을 떠나 해외로 망명할 수밖에 없었는데, 1907년 신민회 105인사건의 여파 대문이다. 특히 김규식은 105인사건 이후 일본으로부터 끊임없는 회유와 협박에 시달린 끝에 1913년 몽골로 망명한다. 이태준이 몽골에 '동의의국'을 설립한 것도 김규식의 영향이다. 몽골에 비밀군관학교 설립을 위해서 김구식, 서왈보와 함께 몽골 울란바토로로 갔으나 고국으로부터 자금이 오지 않아 궁리 끝에 설립한 것이 '동의의국'이었다.

이태준의 삶은 인간의 생명에 대한 사랑을 근간으로 하되 조국의 해방을 궁극적 사명으로 삼고 있었다. 제국의 폭력 속에서 신음하는 조국의 독립과 민중의 해방이 그의 역사적 사명이었다. 그것이 의사라는 직업적 소명의식을 넘어서서 역사적 투쟁의 한가운데 몸을 던지는 독립투사로서의 면모를 추동하는 동력이었다.

몽골의 수도 울란바토르에는 이태준기념공원이 조성되어 있다. 몽골정부가 이태준을 어떻게 기억하고 있는지를 잘 보여주는 증좌라 하겠다. 이 소설에서도 몽골 유목민들이 이태준의 옷깃에 박힌 '에르데니-인 오치르' 훈장 표식을 보고 이태준에 대한 적대감을 해소하고 극진히 대접하는 장면이 두 번 나온다. "조선에서 온 뛰어난 의사가 있다는 소문"(76쪽)이 몽골 전역을 뒤흔들고 있었던 것이다.

이태준에 대한 몽골인들의 신뢰와 존경은 이태준을 보호할 수 있는 방패막이로 작용했으나, 오히려 역설적으로 이태준이 일본군과 러시아 백위파 운게른 부대의 중요한 표적이 될 수밖에 없는 조건으로 작용하기도 했다. 일본 경찰 요시다는 집요하게 이태준을 추적했고, 요시다가 입수한 정보는 러시아 백위파 운게른 부대에도 넘어간다. 그들에게 이태준은 "불량한"(86, 90쪽) 사회주의자 조선인에 지나지 않았다. 몽골에서의 이태준은 죽음에 진작 가까워지고 있었던 것이다.

이 사태를 미리 감지한 중국군 사령관 가오시린은 이태준에게 탈출을 종용한다. "지금 움직이지 않으면 영영 모든 것을 잃게 될 것"(86쪽)이라는 가오시린의 호소에도 불구하고 이태준은 "나는 여기에 남겠소"라고 답한다. 가오시린은 이태준이 운게른 부대에게 잔인하게 학살당하는 것을 놔둘 수 없다고 말하며 이태준을 강하게 설득하지만, 이태준은 결심을 꺾지 않는다.

이태준의 신념과 의지를 온전히 이해하는 일은 불가능하다. 자신을 믿고 따르는 환자들, 이제 걸음마를 시작한 자신의 아이, 독립투쟁자금의 전달에 대한 책무감, 그리고 몽골 민중을 떠날 수 없다는 박애심의 발로 때문이리라는 정도로 가늠할 수밖에 없다. 그는 생존보다 책임을 선택함으로써 숭고한 비극의 문을 열고 만 것이다.

비장미의 정점은 이태준의 처형 장면이다. 홍혜문은 죽음을 앞둔 이태준의 내면을 다음과 같이 형상화한다.

"썩게 하소서! 가슴에 남은 모든 것들이 썩고 썩어서 미세한 먼지로 남게 하소서! 조선의 독립을 향한 굳건한 마음이 도여 돌이 되고 바위가 되어 비바람에도 변하지 않는 진리처럼 강하고 달처럼 환한 바위가 되게 하소서. 그 그늘에 헐벗은 아이오 순박한 사람들이 평화롭게 노닐고, 편히 쉴 수 있는 큰 바위가 되게 하소서!"(90~91쪽)

이태준의 호가 대암大岩이다. 그의 호가 지니는 의미어 걸맞은 내면의 외침이 아닐 수 없다. "1921년 2월초, 이태준은 러시아 백위파 대장 운게른 스테른베르그에 의해 학살당했다. 그의 나이 38세였다."(91쪽) 이 마지막 문장과 함께, 이태준은 디아스포라로 떠돌던 독립투사의 표상으로 우리의 마음속에 깊은 울림을 남기게 된다.

4. 고대의 시공간과 인간의 원초적 폭력

홍혜문의 소설집에서 독특한 작품이라면 단연 「샤니와 라우나」와 「화살을 쏜 것은 실수였어요!」이다. 이 두 작품은 문헌 기록이 거의 남아 있지 않은 기원 전후 시대를 시대적 배경으로 하고 있다. 이 두 작품의 공간적 배경이 독특하게도 영남지방이다. 삼한시대 전후에 존재했던 부산 동래 일대의 소국 '거칠산국'과 울산 지역의 소국 '우시산국'이 공간적 배경으로 등장한다. 이는 작가의 장소애topophilia와 무관하지 않을 것이다. 홍혜문은 경남 함안 출신이다. 대암 이태준에 대한 작가적 관심 역시 이태준의 출생지가 경남 함안이라는 데서 비롯되었을 가능성도 배제할 수 없다. 어쨌든 고대 시공간을 배경으로 하는 이 두 소설은 근대 문명 이전의 인간 본성을 탐구하는 실험의 장이 된다.

「샤니와 라우나」의 소설적 시공간은 원시시대로 더욱 거슬러 올라간다. 이 작품을 기획한 작가의 의도는 선사시대, 혹은 그 이전부터 인류에게 있었을 폭력의 기원을 살펴보는 것이다. "라우나의 씨족들은 살아남기 위해 전쟁을 반복해왔다. 서로를 죽여 상대방을 없애야만 생존할 수 있는 경우가 많았다. 그는 사람을 죽이지 않겠다고 맹세했지만, 샤니 형제가 어머니 슈앙을 죽이는 모습을 보자 그들을 죽이고 말았다."(146쪽) 이 서술에는 인류의 기원에서부터 작동하는 생존을 위한 폭력 양상이 드러나 있다. 모든 동물이 생존을 위해 다른 생명의 영양분을 흡수하듯이, 인간은 다른 인간의 소유물을 약탈할 수밖에 없다. 인류 역시 생존을 위해 야만적 폭력의 시대를 살아온 것이다.

이 야만적 폭력의 형상화에는 작가의 인류학적 상상력이 반영된다. 이 소설에서 '라우나'는 거칠산국 일대에서 살아왔으나 다른 씨족과의 전쟁에서 패퇴하여 '우시산국'으로 이동한 소규모 씨족의 일원이다. 이동하는 과정에서 '라우나'의 어린 아내가 죽고 갓 태어난 아이도 죽는다.

『삼국사기』에 '거칠산국'과 '우시산국'이 등장하지만 이 소국의 기원은 전혀 알려져 있지 않다. 작가적 상상력은 이 소국의 기원을 매우 오래된 것으로 가정한다. '라우나'가 '주먹도끼'를 쓰고 있다는 점에서 구석기시대까지 연상되기 때문이다. 하지만 이 소설의 시대적 배경은 명확히 알 수 없다. 이것은 폭력의 기원을 역사적 기록에 근거하여 가장 오래된 시대로까지 거슬러 가서 형상화하고자 하는 작가의 욕망이 알레고리적으로 반영된 결과이다. 그러니까 이 소설은 우의적인 소설에 가깝다.

이 소설에 등장하는 '라우나'는 몸에 털이 많은 종족이고 '샤니'는 털이 없이 매끈한 피부를 가진 '맨살 인간'이다. 서로 다른 씨족의 두 인간은 우연히 조우하여 '몸을 섞는' 사랑에 빠져들지만, 정작 두 씨족은 갈등의 분쟁에 휘말림으로써 폭력을 행사하게 된다.

'샤니'의 형제들은 '라우나'에 의해 죽임을 당하지만, '라우나'의 씨족은 모두 몰살을 당한다. 결국 '라우나'는 '샤니' 씨족의 처벌로 다리를 잃고 그를 비호하고 사랑하는 '샤니'와 함께 추방을 당한다. 그리고 어느 동굴에서 은거하게 되는데, '샤니'가 사냥을 나간 사이에 '라우나'는 동굴 벽을 바라보며, 암각화를 그리는 장면을 상상한다. "그는 죽음과 사냥, 인간과 짐승이 서로에게 남긴 상처까지 모두 그림으로 남기고 싶었다. 살아가는 모습도, 죽어가는 모습도 남기고 싶었다."(148쪽) 울산 반구대 암각화를 떠올리게 하는 이 장면은 인류의 본성인 폭력의 기원을 사유케 한다.

씨족사회를 배경으로 하는 또 다른 소설「화살을 쏜 것은 실수였어요!」역시 공동체 내부의 욕망과 경쟁심리에서 비롯된 시기와 질투가 어떤 폭력적 파국을 초래하는지를 다루고 있다. 이 소설의 시공간 또한 우시산국과 거칠산국이 언급되는 고대사회이지만, 초점은 씨족 간의 전쟁이 아닌 개인 간의 폭력적 갈등에 맞춰진다.

이 작품은 씨족사회의 엄숙한 제의와 인간의 비천한 욕망을 대비시킨다. 늙은 씨족장은 나무 신을 모시는 신성한 제사장이지만, 동시에 '샤를'을 성적으로 착취하는 권력자다. 씨족장의 아내는 이러한 관계를 감시하며 '샤를'에게 적개심을 가진다. '샤를'의 혼인 상대자 '푸하'는 불의의 사고로 아버지를 잃은 '샤를'을 아껴왔던 인물이지만, 혼인식을 치른 직후부터 씨족장의 딸에게 마음을 빼앗긴다.

씨족장의 아내는 '샤를'을, '샤를'은 씨족장의 딸을 증오하는 갈등의 연쇄는 결국 예기치 않은 비극적 파국을 초래한다. '샤를'이 푸하와 씨족장 딸의 성애 장면을 우연히 목격하게 되는데, '샤를'

은 씨족장의 아내가 사용하던 활을 들어 화살을 쏘고야 만다. 결국 가슴에 화살을 맞은 '푸하'는 숨을 거두고 씨족장의 딸은 겁에 질린 채 그 자리에서 달아난다.

'샤를'은 '푸하'의 죽음이라는 폭력적 사태 앞에서 모든 것을 선명하게 자각한다. '푸하'와 자신을 서둘러 결혼시킨 이가 씨족장의 아내였다는 사실에 생각이 미치자 씨족장의 아내가 자신을 죽이려 했고 반드시 죽일 것이라는 사실을 깨닫게 된 것이다. '샤를'은 누군가를 더 죽이지 않으면 자신이 죽는다는 비정한 현실 속에서 '푸하'를 죽인 화살이 씨족장 아내의 것이 분명하다는 사실을 밝히리라 다짐한다. 그리고 씨족장의 아내에게 누명을 씌움으로써 씨족장의 새로운 아내가 되는 자신의 앞날을 상상하는 것이다.

이 소설의 제목이 암시하듯, '화살'은 소설의 중요한 상징으로 기능한다. 씨족장의 아내가 매일 새벽 과녁을 향해 쏘는 화살은 항상 빗나가지만, 그 살의殺意만큼은 명확한 것이다. 호살은 살인충동이다. 마찬가지로 '샤를'이 '푸하'의 정사 장면을 곡격하고 쏜 화살에 대해 '실수'였다고 스스로 변명하지만, 그것은 무의식 깊은 곳에서 솟구친 살인충동의 실현이 아닐 수 없다.

'샤를'이 말한 실수의 진정한 의미는 화살이 '푸하'의 가슴이 아니라 씨족장의 딸을 꿰뚫어야 했다는 것이다. '샤를'의 살인충동은 자신의 아버지를 빼앗은 '우불산 여자'로부터 시작해서 씨족장의 딸, 그리고 씨족장의 아내로까지 이어진다. 그 모든 적개심을 통해 씨족장의 여인이라는 권력의 자리를 실현하게 된다. 씨족사회 속에서 가장 약자였던 '샤를'이 살인충동을 통해 권력을 쟁취해가는 과정은 인간의 생존본능을 서늘하게 보여준다. 그리고 이를 통해 확인할 수 있는 것은 인간은 언제나 상처를 입거나 폭력의 대상이 될 가능성을 지닌다는 사실이다.

5. 폭력의 연대기를 넘어 연대와 구원의 빛으로

홍혜문의 소설집 『대암의 하늘』은 고대와 근대, 그리고 현대의 시공간을 넘나드는 다양한 스펙트럼을 보여주지만, 그 중심에는 언제나 상처 입은 인간이 존재한다. 그리고 이를 통해 알 수 있는 것은 상처를 유발하는 폭력의 체제가 바로 이 세계의 실체라는 사실이다. 고대 원시사회로부터 식민지의 지식인, 그리고 현대의 상처 입은 군상에 이르기까지, 홍혜문 소설의 인물들은 세계의 직접적이거나 간접적인 폭력 앞에서 상처 입고 흔들리는 인물들을 서사화한다.

하지만 그의 소설은 세계의 폭력을 극복해내는 인물들의 서사를 지향하는 뚜렷한 방향성을 지닌다. 홍혜문은 그런 희망의 상징을 소설의 곳곳에 배치하고 있는데, 예컨대 '민서'가 바라보는 J시 문화회관 디피랑의 빛(「해장라면」), 그리고 둑방길 아래로 굴러떨어진 '주희'의 얼굴을 비추는 라이트빛(「비행하는 자전거」)이 여기에 해당한다.

'안개그물'이라는 상징적 의미는 또 어떤가. 사막의 한가운데서 습기를 포집하여 식수를 만들어내는 '안개그물'은 그 자체로 완벽한 희망의 상징이다. 그것은 몽골의 고비사막을 횡단하는 이태준의 얼굴을 비추던 어둠 속의 별빛과도 같은 것이 아닌가 (「대암의 하늘」).

인간은 인류의 기원부터 시작된 폭력의 어둠 속에서 끊임없이 빛을 찾아 헤매었으며 그 여정을 단 한번도 포기하지 않았다. '라우나'와 '샤니'가 원한을 넘어선 삶의 여정을 시작했듯이, 우리 인류는 근대의 제국주의의 폭력이라는 모래언덕을 기어이 넘어왔다. 이러한 저항과 희망의 서사는 오늘날 여전히 만연한 소외와 결핍, 그리고 폭력에 맞서 싸우는 동시대의 주체적인 개인들에게까지 면면히 계승되고 있는 것이다.

홍혜문의 소설에서 상처투성이의 인류는 각기 개별적인 주체로서 여전히 현실의 고통에 맞서는 모습을 보여준다. '비행하는 자전거'는 현실의 고통을 맞서서 그것을 기어이 극복해내고자 하는 역동적인 상징으로 기능한다. 사고로 인해 다리를 잃었음에도 자전거로 지상을 달리고 마침내 패러글라이더 장치를 통해 하늘까지 날고자 하는 꿈의 도약을 시도하듯이, 홍혜문 소설의 인물들은 좌절과 절망 속에서도 강한 의지의 서사적 생명력을 지닌다. 이는 '샤니'가 '라우나'를 구원하고 이태준이 몽골 인민들을 구원하듯이, 인간이 인간을 구원하는 타자와의 연대와 사랑을 통해서 실현되는 생명력이라고 할 수 있다.

홍혜문의 소설은 고대사회로부터 시작된 질문을 몽골의 초원과 칠레의 사막을 거쳐 지금 우리가 발 딛고 있는 치열한 삶의 현장으로까지 견인한다. 홍혜문 소설은 잊힌 시간들을 복원하고 소외된 상처들을 호명함으로써 우리 시대가 요구하는 구원의 빛을 향한 서사를 펼쳐내고 있는 것이다.

홍혜문 소설집
대암의 하늘

지은이_ 홍혜문
펴낸이_ 조현석
펴낸곳_ 북인
디자인_ 푸른영토

1판 1쇄_ 2025년 12월 31일

출판등록번호_ 313-2004-000111
주소_ 121-858 서울 마포구 서교동 460-34, 501호
전화_ 02-323-7767
팩스_ 02-323-7845

ISBN 979-11-6512-519-6 03810
Ⓒ홍혜문 2025

경남문화예술진흥원
GYEONGNAM CULTURE AND ARTS FOUNDATION

이 책은 경남문화예술진흥원의 문화예술지원을 보조받아 발간되었습니다.